B杜極短篇故事集（1～100）

A WORD TO THE WISE (TALES 1～100 IN TRADITIONAL CHINESE CHARACTERS)

B杜

British Library Cataloguing-in-Publication Data. A CIP catalogue record for this book is available from the British Library.

ISBN 978-1-913080-53-2 (ebook)
ISBN 978-1-913080-52-5 (print)

For my Family

1

張先生開了一家畫廊，養了一批畫工，以複製楊大師的作品為生，當被質疑賣假貨時，他總趾高氣昂地回覆："哪是假貨？你看清楚，畫裏多了一隻螞蟻，這叫'再創作'。"

他的畫廊非但沒有被唾棄，反而大受歡迎，因為在畫中尋找一隻不到5毫米的小螞蟻成為了一種樂趣，張先生也因此賺得盆滿缽滿，楊大師的畫反而乏人問津。

某天夜裏，楊大師醒來站在自己的畫作前，沉默許久後，他在每一幅畫裏都畫上了一隻螞蟻……

跳蚤市場的某個攤位上躺著一個娃娃，有個女人想買，她的老公二話不說便掏出錢包。

自從買了娃娃，這個女人大病小病不斷，最後竟撒手人寰。她的老公認為娃娃晦氣，毫不猶豫便給扔了，被撿垃圾的撿到，洗一洗送給自己的孫女玩。

說來奇怪，這個貧困家庭自從撿到娃娃，命運像開了卦似的，不僅破房子拆遷分到好幾間房，買彩票還中了史上最大獎，大家都認為是娃娃帶來的好運，可惜在一次搬家途中，娃娃竟然莫名其妙地失踪了……

高中生穆帥在草叢裏發現了一個娃娃，他把它藏在書包裏偷偷帶回家。自從有了娃娃，原本陽剛的男孩變得溫柔，他不僅會替娃娃製作衣裳，自己也常做女性打扮。

第一個發現異樣的是他的母親，面對母親的質問，穆帥承認自己喜歡的是男孩。他的母親接受不了，認為是娃娃的錯，這麼大的人還玩娃娃，没毛病也會玩出毛病來，於是隨手把娃娃扔出窗外，没想到穆帥為了救娃娃，不惜跳窗，他母親痛徹心扉的喊叫聲在空氣中迴盪又迴盪……

娃娃輾轉又來到幾個不同的家庭，發生了幾個不同的故事，最後被一場猝不及防的大火給燒得只剩灰燼，結束它傳奇且多變的一生。

3

西方歷史上曾有個美女叫海倫，她引發了十年的特洛伊戰爭，是典型的"傾國傾城"案例，所以當公司問王芳想取什麼藝名時，她毫不猶豫地答："王海倫。"

王海倫的人設是：三十多歲，留法，未婚，有個三歲混血女兒（孩子的父親是個具貴族血統的不婚族），偶爾做些投資，活躍在各大知名的視頻網站上。

"今天的巴黎天清氣爽，你們所處的城市是不是也有好天氣？Bonjour，我是你們的好朋友王海倫，今天繼續談談如何撩男人……"

當燈光暗下，代表今天的錄影結束，助理把王海倫身後的窗簾拉上，艾菲爾鐵塔瞬間消失。

"這房真貴，我們是不是該改租別的地方？"

"第七區的租價你去問問，沒五位數你砍我。再說了，如果畫面上沒有艾菲爾鐵塔，誰知道女主身處法國？又如何彰顯地位？"

"咦！今天混血小孩怎麼沒來？"

"打預防針去了。"

"老闆真摳，粉絲數已經破千萬還不加薪，我倒不如去洗盤子。"

"去洗呀！沒人攔你。"

……

王海倫沒等工作人員聊天完畢就先行一步，經過華人超市時，她在架子前流連了一會兒，最後取走牛肉口味的泡麵，因為它比海鮮口味的便宜0.2歐元。

4

金蠍在崖畦上遇到了黃蠍，它問黃蠍最近可好？

"不好，很抑鬱。"黃蠍答。

"你今天蜇人了嗎？"

"沒有。"

"昨天蜇人了嗎？"

"沒有。"

"前天蜇人了嗎？"

"沒有。"

"你到底多久沒蜇人了？"

"很久很久了。"

“你去蜇人，心情會好很多。”

“這是不對的，我不想蜇人。”

“白浪費了你的毒尾巴，”金蠍搖搖頭，“我走了，還得趕集去。”

等金蠍從集市回來，經過崖畦時，它看到了一個已經乾枯的屍體。

“哎！黃蠍的毒尾巴最後還是用在了自己身上。”金蠍感嘆地說。

5

Ｍ組織在殺手界以"快、狠、準"出名，只要接了單就没有辦不成的事，所以雖然要價高，仍不乏客源。

今年五月，Ｍ組織接受委託去暗殺居住在棕櫚路7號911室的男主人，委託人還指定由013號殺手去執行。

013號今年29歲，這是官方說法，但013號認為自己應該至少32歲，因為記憶當中有個很溫柔的女人為他講睡前故事，與組織說的"一出生即被棄養"明顯有出入。

說來很不可思議，最近013號經常出現幻聽，雖然看不見面容，但他直覺認為唱歌的人就是記憶中的那個女人，只有溫柔的女人才會唱出那麼溫柔的催眠曲，不是嗎？

回到殺手世界，一個合格的殺手在接下任務後，必然會去踩點，並且跟踪目標數日，直至完全了解其作息為止，但這一次不需要，因為013號就住在棕櫚路7號，跟目標同一棟樓，兩人見面時還會問早道好。

把子彈上膛後，013號走進目標的房間內，這個房間和他的一模一樣，雙人床的床頭背景牆上也有一面鏡子。

他將槍口對準目標，目標直視著他，神情非常淡定，彷彿知道這一天終會到來。

"碰"的一聲，任務完成了。

像往常一樣，M組織把酬勞打入013號的銀行賬戶內，這次收了委託人一百萬元，殺手能得一半，也就是五十萬元。

入冬後，M組織又接到委託，按照順序，此次輪到013號，可是怎麼都聯繫不上，這不是個好信號。

M組織果斷派014號去暗殺013號，結果仍一無所獲，只好反向操作查013號的資金往來，這才發現○１３號曾在五月份時支出一百萬元，接收的正是Ｍ組織在瑞士銀行所開設的秘密賬號……

6

如果問起王亦云的偶像，那非桃花朵朵莫屬，這位言情小說家的每一部作品，王亦云閉著眼睛都能述說其中情節，這也是她選讀中文系，並且大學畢業後從事編輯工作的原因。雖然目前她還只是個實習編輯，但凡事皆有可能，也許哪天也能和自己的偶像說上幾句話，甚至坐下來一起喝杯咖啡……

沒想到才上班兩天，主編就給了她一個大驚喜。

"老大，您……您確定要我編輯桃花朵朵的新書？" 王亦云睜大眼睛問。

"沒錯，我看好妳，加油！"

她興奮極了，恨不得拿起擴音器昭告全世界。

說王亦云是以無比激動及虔誠的心打開桃花朵朵的原稿，一點兒也不為過，可是才讀了兩章，王亦云便發現問題，忙去敲主編的門。

"老大，您確定發給我的是桃花朵朵的稿子？"

"怎麼，有問題嗎？"

王亦云答有，而且問題很大，錯別字就不說了，語句還不通，而且低級錯誤的地方不止一處，好比第一章寫著女主角的閨蜜有斜白眼，第二章卻又描寫那人明眸剪水，這……

主編沒讓她說下去，反問她的工作職稱是什麼？

"編輯……實習編輯。"她弱弱地答。

"我還以為妳是來投訴的，編輯就做編輯的工作，咋那麼多話？"

王亦云默默回到自己的工作崗位，盡責盡職地做校對及"潤色"的工作，好不容易終於在三個月後完成，她興沖沖地呈交，沒料到卻被主編打了回票。

"妳寫的什麼東西？" 主編拍桌子問。

" 嚴格來說，這不是我寫的，我只是在作品的基礎上，讓它更加完善。"

" 那我僱妳幹嘛？" 主編吹鬍子瞪眼睛，" 明星作家要出席重要場合，還得炒作自己，哪有時間斟酌字句？這就是妳為什麼得到這份工作的原因，如果連這點兒小事也辦不好，我只能請妳走路。"

半年後，桃花朵朵在她的新書《只盼君心似我心》的發佈會上大談創作的辛苦，王亦云也站在台上，但無人注意到她的存在。

没多久，新書火速登上銷售排行榜第一，桃花朵朵也榮登今年的作家富豪榜前三。

你若要問王亦云有什麼感想？那就是她終於轉正了，現在一個月能有八千元的收入，稅前。

藤原愛莎是電視台有名的名嘴，雖然身材粗壯、長相偏醜，但仍廣受歡迎，部分原因在於她勇於跟命運抗爭，並且活出自己的精彩。

這樣的傳奇人物怎能錯過？千田由紀子決定去採訪她。

面對小記者的到來，藤原愛莎不改親民姿態，笑意盈盈地迎她進門。

"藤原小姐，這是最後一道問題，也是眾多女性觀眾想知道的。當年妳被父親性侵，妳是如何走出來的？"千田由紀子問。

"實話告訴妳。我也是經過無數的心理建設才挺過來的。首先，我告訴自己—

我是最棒的，没有任何事情能擊垮我；
其次，該感到羞愧的是加害人，而非被
害者。如果我今日的表現算成功，這就
是對加害人最大的反擊。"

千田由紀子很滿意這樣的回答，並且由
衷敬佩起這位堅強的女性。

記者走後，藤原愛莎回到自己的房間。
沒多久，房間內傳來嘶聲裂肺的哭聲。

"可憐，"傭人搖頭，"一個月總要哭上
幾回，當名嘴的壓力可真大。"

Luna誕生在意大利，那裏的人很愛說話，妥妥的人來熟，這讓她苦不堪言。

"如果大家都不理我，該有多好！" Luna心想。

她的怪異表現讓家人很苦惱，他們不明白為什麼Luna老是不開心，還被周遭的人安上"怪物"的稱號，簡直是家族恥辱！

有一天，Luna告訴母親一定得離開這個鬼地方一陣子，否則她要發瘋。

"去吧！如果過不下去就回來，家永遠會為妳敞開大門。" 她的母親答。

就這樣，Luna邊打工邊旅行，當她來到芬蘭後，簡直像發現阿里巴巴的寶藏，興奮得手舞足蹈。

這一天，Luna坐在赫爾辛基的最大公園內曬太陽，離她最近的椅子起碼有五米遠，還是背靠背。

突然，一個女孩走過來硬和她擠一塊兒，這在芬蘭很不尋常。她正想起身，女孩開口了：“妳能和我說說話嗎？我無聊死了，連家人也很少和我交流。”

“抱歉，妳找錯人了，我就是不想和別人交流才待在這裏。話說回來，我原來居住的國家太吵了，到處都是歡笑聲，想安靜一下都不可得。”

“妳說的是 ......”

“意大利，那裏的人很熱情，走在路上都會被陌生人問早道好。”

芬蘭女孩眼前一亮，她握住Luna的手表示感謝，然後起身離開。

“奇怪，謝我什麼？”Luna邊嘀咕邊掏出濕紙巾拭手，直至確認自己的手百分百乾淨為止。

9

馬丁是班上的非裔，白人孩子經常欺負他，這一天，他又被"四人幫"給堵在路上。

"黑鬼！回家跟你的酒鬼老爸和毒癮老媽要錢，明天若沒奉上，有你好看！"說完，四人又對他拳腳相向，直到打不動為止。

馬丁抹去嘴角的血跡，快速跑向下兩個街區，他知道那裏有很多亞裔孩子，個性軟弱又多金，隨便抓一個就能滿足"四人幫"的胃口。

隔天，他給"四人幫"五十美元，自己的褲兜裏還藏著二十。

10

八卦國的出生率降至新低，以此速度，這個國家將在2750年自然滅絕。

消息一出，舉國震驚，各個領域的專家紛紛放下手中項目，轉為研究如何提高生育率。

一開始採用的是獎勵制度（生越多，福利越多），但年輕人不傻，養個孩子所花的錢和精力多了去，政府的補助乃杯水車薪。

眼看獎勵行不通，政府心一狠，改用懲罰制，規定所有的新婚夫婦十年內必須生三胎以上，否則罰款家庭年收入的1/5。

年輕人不笨，索性連婚都不結，直接讓八卦國雪上加霜。

正當無計可施之時，一批愛國老兵出現了，他們的口號是"生產報國"。

有了老兵，一批老嫗也出現了，一副"捨我其誰"的姿態。

這下子年輕人急了，那些老兵、老嫗可是自己的父親或母親，這說出去多丟臉？

於是老人退下，年輕人上場。

多年以後，專家發現八卦國的出生率是提高了，但自殺率也節節攀升，以此速度，這個國家將在2750年自然滅絕……

熙熙攘攘的大街上有一個女人帶著腦癱兒在行乞，剛開始這只是城市裏一道不美麗的風景，直到一個穿西裝打領帶的男士出現，才讓這道不美麗的風景開出漂亮的花。

這男人是個保險推銷員，他會在上下班途中給這對母子十元錢，早上十元，黃昏後又是十元。

有人告訴他，乞討的母子是騙子。他答只要有那麼一丁點兒的可能性，他也要讓可憐人感受到人間的溫暖。

他的善行上了報，很多人找他買保險，因為那麼有愛心的人是不會騙人的。幾年過去後，這個男人不僅成為千萬級別的金牌推銷員，還成功代理了整個亞太地區的保險產品，業務蒸蒸日上，他也擁有了一個能俯瞰香港維多利亞港的大辦公室。

沒人留意到他的辦公桌上有一張全家福照，照片上有三個人，男人擁著老婆和孩子，那孩子似乎盯著某樣東西看，眼神呆滯……

12

孔老先生一聽說有個大師能和死去的人通靈，立馬打車過來，哪怕車資花掉他半個月的退休金。

當看到排隊的隊伍從巷頭排到巷尾時，孔老先生終於放下心來，顯然這位大師很靈驗，否則不會這麼受歡迎，不是嗎？

排在他前面的是個小姑娘，看年齡不比自己的女兒大多少，頂多25吧！

好幾次他想問這個小姑娘為了什麼而來，但話到嘴邊又吞下。

"老先生，我去上個廁所，您……"

“没事没事，位子我幫妳佔著，妳儘管去。”

小姑娘再回來時，兩人不再那么生疏。她告訴孔老先生，自己的未婚夫是個警察，某次出任務時為國捐軀了，她來此是想問問他有沒有事情交託。

“妳……節哀順變。”老先生說。

“您呢？為了何事而來？”小姑娘問。

這是孔老先生心中過不去的坎，自己最鍾愛的女兒在下班途中被搶匪奪去了性命，他好幾次想尋死，但都因壞人還未落網而打消念頭……

小姑娘聽完，握緊孔老先生的手，眼淚啪啦啪啦地掉。

“呦！妳怎麼哭了？”孔老先生掏出紙巾遞給她，“快擦乾眼淚，妳的心真軟。”

輪到小姑娘見大師時，她說自己哭花了眼，先去補個妝，要孔老先生先進去。

孔老先生進去後，又等了數分鐘才見到大師，那人一坐下便說：“你女兒在下班途中被搶匪奪去了性命，到現在人還沒抓到。”

簡直鐵口直斷！孔老先生立馬佩服得五體投地。

"大師，請您問問小女有沒有事交待？還有，她過得好不好？燒給她的紙錢夠不夠花？"

大師閉上眼睛，約莫過了一刻鐘才睜開眼睛，答："你女兒要我轉告你，錢夠用，不需要再燒，她目前無憂無慮，反倒是你該把這件事放下，好好照顧自己，來生她還要當你的女兒……"

聽到小敏還想當自己的女兒，孔老先生不禁老淚縱橫。

"對了，她還說法網恢恢，疏而不漏，壞人一定會得到該有的懲罰，你絕對要相信警察。"大師追加一句。

講到警察，孔老先生想到還在外面等候的小姑娘。

由於已經得到答案，付完費、謝過大師後，孔老先生走了出來，可是左等右等，依然不見小姑娘，只能懷著惆悵離去。

幾個月之後，一位婦人也來見大師，排在她前面的小姑娘轉過頭來，說："人真多啊！"

“誰說不是？從巷頭排到巷尾呢！”

“如果不是為了問未婚夫有沒有事情交託，我也不會這麼折騰。”

“妳的未婚夫是……”

“他是個警察，某次出任務時為國捐軀了。您呢？為了何事而來？”

13

從前有一個蚱蜢家族，它們掌管了一塊肥沃的土地，很快便富裕起來。

富裕了之後，它們不想親手種植，於是讓鄰近的螻蛄都進來當勞工。那些螻蛄每天做著累死人卻收入甚微的工作，回家後就拼命生小螻蛄，因為每生一隻，蚱蜢家族就會獎賞十棵蔬菜（主人的算盤是小螻蛄長大後也能幹活，怎麼看都不虧）。

久而久之，螻蛄的數量大過蚱蜢。在一次衝突中，量多的螻蛄打敗蚱蜢，它們霸佔了那塊富饒的土地，然後讓蚱蜢做累死人卻收入甚微的工作。

當螻蛄高唱勝利之歌時，蚱蜢家族的頭兒悄悄關上門，轉身命令家族成員："現在通通上床生孩子去！"

在歐洲有一條小河，河邊有一棟公寓，公寓高層的某個窗口白天總開著，過往遊船上的觀光客總能看到一個狗頭從窗口探了出來。久而久之，它成為一隻網紅狗，人們蜂擁而至，就為了爭睹它的風采。

狗主人聞到了錢味，把它送去拍廣告及上脫口秀，但人們發現這是一隻表情呆滯、反應遲鈍的狗。

狗被媒體無情地拋棄了，它又重回那個窗口。當陽光灑在它身上，微風送來花草的清香時，啊！那真是幸福時刻……

王室出生的女兒叫公主；上流社會出生的女兒叫名媛；平民百姓家出生的女兒叫小棉襖；農村出生的女兒叫翠花、招弟、春喜、艷紅、秀枝、牡丹、金鳳……

有一隻獅子從小只愛吃草，它的父母對它說："你是一隻偉大的獅子，獅子向來吃肉。"

在父母的監視下，它勉強吃肉，直到成為一隻強壯的大獅子後，它決定不再吃肉，但它的父母依舊強迫它吃，於是它把父母吃下肚裏去。

"現在我終於可以吃草了。"它想。

這世界曾經出現過兩隻特別的蜘蛛，之所以說特別是因為它們織出的網是彩色的。為了區別，我們姑且叫它們老實蜘蛛和瀟灑蜘蛛。

老實蜘蛛每天勤奮地織網，它在屋簷下織，它在枝椏間織，它在廢墟裏織……每天風裏來雨裏去，就為了織出一張張美麗絕倫又色彩鮮豔的網。

瀟灑蜘蛛不一樣，它每織完一張網就敲鑼打鼓，即使網織得很簡單也很隨意，但由於是彩色的，很快便受到市場歡迎，它也賺得盆滿缽滿。

有好事者告訴老實蜘蛛應該學習瀟灑蜘蛛，投入少，回報大。

老實蜘蛛答：“織出世上絕無僅有的網
是我的使命，如此而已。”

老實蜘蛛答：“織出世上絕無僅有的網
是我的使命，如此而已。”

18

聽說火龍山上的寺廟裏有位得道高僧能排憂解難，記者前去採訪，高僧表示是信眾自己解決了問題，與他無關。

記者不信，於是高僧要記者拿出身上的一樣東西，他會證明給他看。

没多久，一個禿頭男上山來，希望高僧能為他指出一條明路。

"你有什麼問題？"高僧問。

"我和媳婦兒經常吵架，吵得很兇，我很煩。"

高僧掏出一枚硬幣來，那是記者方才給的。

34

“我懂了，做人要圓滑，不能方方正正的。下回媳婦兒若再找我吵，我就順著她點兒。”男子說。

第二位來求助的是為孩子操碎心的母親，和尚同樣掏出硬幣來。

“我懂了，一枚硬幣有一枚硬幣的活法，是時候放手了。”

第三位來求助的是一位畫家，最近他的創作陷入瓶頸，他希望高僧能開示他。

當他看到高僧手上的硬幣時，眼前一亮，他虔誠地問道：“草間彌生最擅長畫小圓點，師父的意思是不是要我往那個畫風靠攏？”

此時記者終於相信高僧所言不假，他提出最後一個疑問：“既然問題都是信眾自己解決，您又是怎麼成為高僧的？”

高僧還是舉起那枚硬幣，記者的嘴角有了一抹神秘的微笑。

19

王小明放學途中在草叢裏發現一塊巴掌大的紅色石頭，他把它帶回家。母親看到後欣喜若狂，她說小明撿到了一個改變王家命運的寶貝。

聽說王家孩子撿到了一塊紅色石頭，買家紛至沓來，出價越來越高，最後以二十億元成交，王家也從貧困戶搖身一變成了大土豪......噢！對不起，我把紅寶石誤寫成紅色石頭了。

20

從前有一個國王只管尋歡作樂，不務朝政，人民怨聲載道，眼看就要壓不住，一位佞臣給國王出了個主意，讓他去攻打鄰近的一個小國。

"國庫已經沒有多少錢，如何攻打？"國王問。

"不用擔心，一旦開打，錢會源源不斷進來，您也會在歷史上留下美名。"佞臣答。

果然人民一聽說他們的苦難是因為鄰近小國的女巫下的詛咒，個個義憤填膺，對國王的忠誠度也達到史上最高。當得知國王沒錢打仗時，紛紛掏空家底，就為了獻上一份力量，甚至主動把家裏的孩子都送上戰場。

很快這個國家便傳來捷報，大家載歌載舞地慶祝。

一位被派去斬首女巫的士兵很納悶地問軍官：“這個小國只有男的，哪來的女巫？”

“噓～執行你的任務。”軍官壓低聲音，“告訴你，這些男人都是女巫變的。”

張三急需兩百元，他向李四借了一百元，又向寺廟借了一百元。

等度過難關，張三首先回到寺廟還錢，但該還給李四的錢卻一直拖欠著，怎麼都不肯還。

於是李四來到寺廟長跪不起，嘴巴還唸唸有詞。

有人告訴張三這件事，隔天，張三把錢還給了李四。

22

由於助理的疏忽，姚若梨的生活照被發到網上，一時掀起狂風巨浪。雖然後來快速刪除了照片，但仍被好事者保存下來並且轉發，那精心架構的人設剎那間全坍塌了，人們發現原來健美女神也有贅肉，而且看著還不少。

姚若梨趕緊拋出視頻，力證自己的確擁有傲人身材，但為時已晚，因為現代科技已能做到視頻造假。

眼看兵敗如山倒，姚若梨改變戰術，強調自己長期活在觀眾的期待下，壓力巨大，已經抑鬱了，請求廣大網友發發慈悲，別再攻擊和嘲笑她了……

"今日又上頭條，已經連續一個禮拜霸佔熱搜排行排前三。"助理不無驕傲地宣佈。

姚若梨正在跑步機上跑步，她邊拭汗邊氣喘吁吁地答："是時候派出水軍洗地，還有，接下那個魔芋纖維代餐粉的廣告。"

米娜最看不起讀愛情小說的女生，認為她們在扯後腿，身為現代女性就該自立自強，別等著王子來解救。

有一天，米娜遇上了她的王子，整個人身陷其中，她愛得死去活來，可惜王子最後還是離她而去。

從此以後，米娜一有空就讀愛情小說，朋友問她怎麼還相信愛情？

"我要了解王子都是怎麼騙人的。"她咬牙切齒地答。

24

從前有一隻蟻王告訴子民："你們的使命是去找一個叫'莽'的東西。"

於是工蟻們紛紛外出尋找，可惜找遍千山萬水依然無果，臨死前它們留下遺言，要後代子孫不忘使命。到了第N代，終於有一隻螞蟻聲稱找到了，它就是……

"找到就好了，不用解釋，我們都累了。"其中一隻工蟻說。

然而好日子不過持續幾天而已，工蟻們突然發現生活失去了重心，精神狀態很不佳，稍一不如意便打架滋事。

某天，新蟻王宣佈："你們的使命是去找一個叫'鐸'的東西。"

於是工蟻們紛紛外出尋找……

於是工蟻們紛紛外出尋找……

25

潘多拉是個有名的作家，每年的版稅收入高達上千萬元。這一天，出版社老闆找她講話。

"合約到期了，再續不？"老闆問。

"不續了，你的合約就是流氓條款，我一年的收入只夠勉強糊口。"

"妳實際上也沒賺這麼多，出版社寅吃卯糧，快支撐不下去了。"

簽約的事不歡而散，後來潘多拉跟藍藍出版社簽約，簽約儀式辦得很隆重，各家媒體紛紛報導。潘多拉也不負眾望，簽新東家後的第一本書便大賣，照這個勢頭，一年的版稅收入高達上千萬是板上釘釘的事。

某個夜裏，潘多拉望著星空感嘆：「切，這個藍藍出版社也是流氓一個。」

浩瀚的宇宙中有顆星球Y，上面住著高度文明的生物。他們不需要吃喝，也沒有死亡，針對犯錯的同類，懲罰便是放逐至其他星球。

這一天，牢房的門打開了，刑期期滿的生物紛紛回到星球Y，有一個生物被攔下。

"你的刑期未滿，回去！" 有個聲音傳來。

於是那個生物又回到了地球。

劉小華在海邊花了數小時建造一個沙灘城堡，這個城堡美輪美奐，但當海水漲潮時，一切都化為烏有。

圍觀的張君笑他白浪費時間，他答："什麼是浪費時間？過去的某個時段什麼事都不做才叫浪費時間。"

張君嚅嚅地答："我也不是什麼事都不做，我看著你建造沙堡呀！"

28

小齊總是相信人，一點兒防備心都沒有，這一天他又把錢借給別人，自己吃泡麵。

"你呀！怎麼不長點兒心？"母親氣急敗壞地說。

其實大家都誤會他了，他不是不知道世界上有騙子，但自從多年前幫助過一個人，得到了溫暖的回報，他就愛上這種"被人需要"的感覺。

"只要有一個是真的就抵過九個不是真的。"他心想。

兩年過去後，他成了大街上的流浪漢。

"只要有一個是真的就抵過九個不是真的。"他依然這麼想，然後向剛才丟銅板給他的人道謝。

這世界有兩種狗—貴賓狗和土狗。

貴賓狗吃住不愁，每天打理得很漂亮；土狗不一樣，生活就是一篇爭奪史，即使是餿掉的食物，也爭得你死我活。

可想而知，土狗們都夢想過上貴賓狗的日子，哪怕一天也好。相反的，貴賓狗們可不想過土狗的生活，但自己畢竟是少數，也怕土狗群起反抗，這可怎麼辦？

有一隻貴賓狗想到一個好法子，那就是做公益幫助土狗。

土狗很開心，貴賓狗也很開心，因為這
不過是搭了一座橋，讓土狗幫助土狗，
自己還得了美名，何樂而不為呢？

30

松鼠喜歡吃野果、種子和果仁，當秋天來臨，它們就開始貯存食物準備過冬。

某天，有隻松鼠說：" 天空是藍的，所以你們得把食物的1/10分給我。"

松鼠們面面相覷，這是第一次聽說天空有顏色，也算是意外獲得了知識，於是紛紛貢獻自己的勞動所得。

又過了幾天，另一隻松鼠說：" 草是綠的，所以你們得把食物的1/10分給我。"

松鼠們也是第一次聽說草有顏色，又紛紛貢獻自己的糧食。

再過幾天，又有一隻松鼠如法炮製，松鼠們不幹了，因為它們發現知道東西的顏色對生活沒有任何幫助，為何要貢獻自己的辛苦所得？

日子又重新回到歲月靜好，直到有一天，有一隻松鼠告訴大家地球是圓的……

實和尚與虛虛和尚同時化緣，幾年過去後，實實和尚把化緣得來的錢全幫助窮人，自己住在搖搖欲墜的寺廟裏，穿破衣、食粗糧；虛虛和尚不一樣，他把化緣得來的錢蓋了一座富麗堂皇的寺廟，身穿質料很好的袈裟，每天吃著精緻的素食。

這一天，來了一位中年婦女，她到實實和尚的寺廟上香，緊接著又來到虛虛和尚的寺廟，最後她選擇在虛虛和尚的功德箱裏投入五百元。

有人問她為什麼？她答那麼大的寺廟肯定比較牢靠。

果世界大戰爆發，誰將解決原本橫在面前的人生困境？

A.老賴

B.抑鬱症患者

C.老賴和抑鬱症患者

答案只有一個。

象龜問蜉蝣：" 你要去哪裏？"

" 不知道，飛到哪裏算哪裏。" 蜉蝣答。

" 可別飛到沙漠，沙漠裏没東西吃。"

" 我不擔心這個，有東西吃就吃，没東西吃就餓著。"

" 那可不行，不吃東西，不到三天你就會餓死。"

" 我的壽命只有一天，無所謂了。"

蜉蝣向象龜道別後，順風而飛。

象龜感嘆：" 唉！現在我終於知道自己為什麼老是煩惱了。"

有個日本老太太虐待癱瘓了的老公，後經發現被逮捕，她表示對所作所為不後悔，因為年輕時被老公虐待很長一段時間，就等待復仇之日的到來……

自從讀了日本老太太的故事後，林芳華的心思開始活絡起來，她不想等到白髮蒼蒼時再復仇，於是提前讓老公"身歷其境"。

"當你不能動彈，全身發出惡臭時，我會把你扔在家裏，自己跑出去玩，兩天後再回來往你嘴裏塞東西，因為你不能太快死，否則我會有麻煩。"她對老公說。

"神經病！久没打妳，皮癢了？"

林芳華不氣餒，時不時把新主意告訴老公，一次比一次虐，幾個月之後……

"老婆，地我已經拖好了，妳可以在上面做瑜伽了。"

老師問學生：“週末除了寫作業之外，你們還做了什麼？”

答案雖五花八門，但都與學習有關，只有王小二不一樣，他把寶貴的時間花在“看螞蟻搬家”上

老師聽聞臉色大變，重申學習的重要性，接著問大家：“你們要不要像王小二一樣無所事事，最後成為無用之人？”

學生們齊答：“不要。”

幾十年過去後，當年的小學生各有不同的發展，有的當上公務員，有的成為小老闆，有的負責保家衛國，只有王小二最沒用，他成為快樂的人。

有個巴西窮人住在一個小木屋裏，這是一棟祖傳的木屋，不到五平米大。

這一天，有個外國遊客經過他家，不由自主地停下腳步。

"這是你的房嗎？"遊客問。

"是的。"窮人答。

遊客上下打量屋子，又伸出手來摸一摸木頭。不一會兒，他表示想買，讓窮人開個價。

窮人心想這個老外肯定瘋了，他的房不僅小，下雨時還會滲出紅水來，絕對不是宜居之所。

"8000R$." 窮人答，這個數字能讓他一年都不需要工作。

"我給你10000R$，你馬上搬走。"說完，那人奉上一沓紙鈔。

窮人驚喜得說不出話來。

後來，窮人住進一個下雨不會漏水的屋子，還買了一架電視機，他覺得自己是天底下最幸運的人，直到某天電視報導一名外國遊客買下一棟用巴西紅木建造的屋子，他才發現最幸運的人不是自己。

（注：巴西紅木是製作頂極琴弓的材料。）

張一凡從小就是"別人家的孩子"，大學畢業後的事業也發展得順風順水，不到三十歲的年紀便晉級億萬富翁，簡直是廣大年輕人崇拜的偶像，如果不是那一次失敗的孤擲一注，一切都會不一樣。

"哎！没想到最後是這樣的結局。"張一凡搖頭再三，然後踩上窗台，一躍而下。

從此没有人再提起張一凡，彷彿他不曾存在過。

已入陰間的張一凡很不甘心，他祈求上帝將時間倒轉，上帝應允了。

時間重新回到那個讓他做出錯誤判斷的時刻，他果然沒有買進，幣值應聲下跌，他大呼萬幸，然而不到一個月的時間，幣值又有觸底反彈的跡象。

他猶豫再三，最後買進……

小螞蟻走在路上，B杜經過時踩了它一腳。小螞蟻很生氣，因為B杜連一句道歉的話都没說。

接下來的每一天，B杜都會踩它一腳，小螞蟻已經傷痕累累。

"B杜一定會良心發現，然後向我道歉。"小螞蟻想著。

終於有一天小螞蟻被B杜踩死了，當時B杜的腦袋裏想的是："我的極短篇故事該寫什麼好？"

從前有個國王和民間的一個乞丐長得非常相像，他們約定好互換身份一個月。

在這一個月裏，國王體驗了民間疾苦，乞丐也享受了"茶來伸手，飯來張口"的無憂生活。

轉眼到了約定時間，可是乞丐反悔了，他不想再過有一餐没一餐的乞討生活，於是下令逮捕"國王"。

"國王"聽聞，開始逃亡。

多年過去後，當初的乞丐成了性格乖戾的國王，總懷疑有人會奪走他的王位，尤其民間有個傳言，那個在鬧區逢人便說他是國王的瘋子才是真正的國王。

40

動物園裏的小猴子問母猴："籠子裏關的是誰？"

母猴答："他們是人類，每天只能在籠子裏走動，哪裏也去不了，真可憐！"

41

一個千萬富翁向億萬富翁請教致富之道，億萬富翁答："去做慈善吧！"

42

喬安娜把最美的年華都花在一個老男人身上，那人仙逝後留給她數十間商舖及公寓，每年光收租就收到手軟。

"現在我終於能把失去的要回來。"喬安娜心想。

由於名聲不好，願意和她交往的"同齡富豪"幾乎没有，她只能在年輕小伙子身上碰運氣，他們更有活力，缺點是没錢。

喬安娜不在乎這個，她有的是錢。

尋尋覓覓很長一段時間後，她終於在耳順之年遇到了真愛……

69

強納生把最美的年華都花在一個老女人
身上，那人仙逝後留給他數十間商舖及
公寓，每年光收租就收到手軟。

"現在我終於能把失去的要回來。"強納
生心想。

讓我告訴你一個故事，從前從前有一隻海龜和旗魚比賽游泳，槍聲一響，旗魚衝了出去，海龜還在慢慢游。

幾分鐘過去了，旗魚往後一瞧，哪有海龜的影子？於是它找了個海底洞穴，在裏面美美地睡起覺來。等它一覺醒來，海龜已經游過終點線……

什麼？抄襲？哪來的抄襲？我說的是海龜和旗魚比賽游泳的故事，什麼《龜兔賽跑》？聽都沒聽說過！

44

小美養了兩條狗，一條比熊，一條沙皮。

她給比熊最好的食物及最漂亮的衣裳，每天早、中、午各遛三次，時不時還摟在懷裏，但對待沙皮可就不一樣了，看都不看一眼。

有一天，小美病倒了，比熊急得不得了，圍著她團團轉，又是叫又是跳的。反觀沙皮，它默默躲在角落，像往常一樣。

小美心想："我疼愛比熊是有道理的，瞧！我病倒了，它多著急，哪像沙皮，對我不聞不問，這個沒良心的東西！"

何勇是個內向的男孩，雖然家境不錯，但父母一直忙於工作，鮮少和他有愛的互動，哪像方敏，雖然才交往三個月，但她像一束光，照亮他那晦暗已久的孤獨世界......

如果愛情能像何勇所想的那樣該有多好，偏偏它不按理出牌，在以各種名目要走一百多萬元人民幣後，方敏人間蒸發了。

何勇發了瘋似地尋找，有人告訴他方敏是個騙子，他怎麼也不肯相信，那麼完美無瑕的女人怎麼可能是騙子？

至於方敏，這不過是遊戲一場。

幾個月後，方敏被何勇堵在租來的別墅前。

"妳說過的話還算數嗎？"何勇問。

"我忘記自己曾說過什麼，如果給錢，或許我還能想起來。"

當方敏倒在血泊之中時，有一個男人仍然在補刀。

"妳騙我，妳騙我，妳騙我……"他聲嘶力竭地喊，已經記不清捅了多少刀。

方敏大惑不解，她的姐妹淘都因此致富起來，怎麼她是這個結局？

"何勇，我愛你。"方敏用盡最後一點兒力氣說。

"還騙？"話一說完，何勇把刀插入自己的胸口。

46

章豫磬是個有名的新聞主播，難得百忙之中還筆耕不輟，出版了一本青少年冒險小說，大獎小獎拿個不停，版權費也收到不少。

當榮譽和金錢像雪片般飛向這位新晉作家之際，有個劉姓作家跳出來說他才是小說的主人，以下是記者的採訪：

"既然已經做了口頭約定，此刻為什麼反悔？"記者問。

"章豫磬不願簽書面合同，怕以後有麻煩，這個我能理解，所以同意口頭約定，但他出爾反爾，約好版權費全歸我，到現在只給了十萬塊，所以我決定曝光他。"劉作家答。

“口說無憑，你得有證據才行。”

“我有，這本青少年冒險小說是一系列的，我已經寫到第五集，目前已有出版社願意出版第二集，到時候你們就可以發現不論是人物塑造還是寫作風格都和第一集如出一轍。”

等劉作家口中的第二集一出版，一紙法院通知便來到，挨告理由是使用了章豫馨小說裏的人物設置和寫作手法。

劉作家後來敗訴，上架的書籍連夜下架，導致為他出書的出版社血本無歸。

一年後，章豫馨又出版了第二集，雖然比不上第一集精彩，但這不重要，重要的是他洗刷了身上的不名譽烙印，狠狠打臉當初不相信他的人。

午夜夢迴，劉作家不禁感嘆：“一步錯步步錯，如果我能多等等，不簽下賣身契，也許現在也成名了。”

此時此刻同樣睡不著的還有一名寫手，這是他第N次發信息，前幾次都被拉黑，他希望這次能聯繫上，所以仍一字一句地碼：“章先生，我們曾口頭協議作品出版後的版權費全歸我，現在三個月過去了，我仍未收到一分一毫。您行行好，家裏上有老、下有小，就等著這筆錢過活。要不，您先打兩萬塊錢給我也行，下一本書我繼續為您做牛做馬，在所不辭……”

47

趙太太買下博美狗時，它的體型還沒有一個鞋盒大。在她的悉心照料下，博美狗一天天長大，很是活潑可愛。

有一天，趙太太邊哼歌邊做家務，她發現她的愛犬總會跟著曲子搖頭晃腦，莫非……

趙太太很快買來一架玩具鋼琴，每天教狗Do Rei Mi。不出三個月，只要趙太太給出指令，博美狗就能按出正確的音，這個成果大大鼓舞了她。

鄰居一聽說狗會彈琴，紛紛上門一探究竟，當發現情況屬實，所發出的讚美聲讓趙太太很是陶醉，直到有人問起她家

的狗會不會彈曲子？這才將她拉回現實
。

"它只會按單音，不會彈曲子。"
這個回答彷彿漂亮的裙子上有個茶印子
。

鄰居的失望表情激起了趙太太的好勝心
，她發誓一定要讓她的狗學會彈一首完
整的曲子。

皇天不負苦心人，一年之後，博美狗終
於會彈《小星星》。很多報章雜誌爭相
報導這個爆炸性新聞，趙太太的狗瞬間
成了"名狗"，它甚至有了節目通告費，
每個月都能為主人掙進五位數字。

至此，趙太太也算苦盡甘來，但她還不
滿意，認為有必要把那段辛苦的過程全
記錄下來作紀念，也許她的狗還能因此
再火一把，同時賺上更多的錢。

想到做到，趙太太馬上把時間和精力投
入在寫作上。兩年後，新書終於出版，
但與想像不同，她的書成了虐待動物的
鐵證，有人甚至提議將趙太太送進牢房
。

書連夜下架，趙太太和她的狗成了燙手
山芋，鄰居當然也不再上門。

某天，心情不佳的趙太太上街散心，經過書店櫥窗時，發現擺在最顯眼位置的是某個著名鋼琴家的回憶錄，書封上節錄了鋼琴家說過的話：【母親強迫我每天練琴八小時，所以有了今日的我，你呢？今天練琴了沒？】

48

孫長治考研通過，這原本是值得高興的事，但他卻陷入無休止的抑鬱當中，原因是想到未來茫茫，即使拿到碩士文憑又如何？將來未必能找到稱心如意的工作，就算找到了，房總得買吧？！媳婦兒總得娶吧？！孩子總得生吧？！這排山倒海而來的經濟問題壓得他喘不過氣來，他不禁自問難道這就是他的一生？沒有童年的快樂也沒有壯年的自在，有的只剩晚年的孤寂，你說這樣的生活能不抑鬱嗎？

有一天，孫長治在路上偶遇小學同學張一樂，彼此聊起近況，他才知道張一樂由於家貧，讀完初中就早早外出打工，現在的房子是租來的，老婆留在家照顧剛會走路的孩子及有糖尿病的父親，日子已經很難了，偏偏婆媳還不合，搞得家裏烏煙瘴氣的……

"你不抑鬱嗎？"孫長治忍不住問。

"那是個什麼東西？"

"就……就是……經常不開心。"

"哎！開心過一天，不開心也是一天，想那麼多幹嘛？抱歉！不能跟你聊了，我得去跟僱主要工錢，去晚了，他又跑了。"

張一樂走後，孫長治發呆了好長一段時間。

隔天在校園，有朋友攔下孫長治，問他最近還抑鬱不？他反問那是個什麼東西？

"就……就是……經常不開心。"

"哎！開心過一天，不開心也是一天，想那麼多幹嘛？抱歉！不能跟你聊了，我得上圖書館溫習功課，去晚了，沒好位子。"

程百祥大概是史上最悲催的畫家，剛在畫壇上展露頭角就遭遇車禍身亡，然而他的不幸卻讓商場大亨左玉堂大賺一筆，因為左大亨在程百祥身故前大手筆買入他的大部分畫作，現在等閒也要好幾百萬元一幅。

"左先生，我不明白您為什麼要我複製程百祥的畫作。"

說話的是美術學院的羅老師，雖然沒什麼名氣，但畫功很紮實。

"實話告訴你，我想把程百祥的畫掛在屋內，但又怕被偷，反正大家都知道我擁有他的大部分作品，所以即使掛的是贗品，一般人也察覺不出來。"他答。

“我了解了，但您為什麼要和我簽十年的合約，同時要求和您吃住一起呢？”

“因為程百祥的畫作有幾十幅，那可不是一朝一夕能畫完的。再說，我付的薪水比美術學院給的要多上很多，吃住一起，你還不用煩惱柴米油鹽，多好！”

這也是羅老師心動的地方，還好他未婚，無家累，簽下十年合約完全没問題。

幾年後，一位畫家橫空出世，他的畫作被炒得火熱，等閒也要好幾百萬元一幅，可是從來没有人見過他，只知道他可能姓羅，因為每幅畫的右下角都被簽下“羅不幸”三個字。

50

秦老太太最近有點兒煩，因為她的兒媳婦打算當丁克族，而她的傻兒子竟然同意了。

"兒啊！你們若當丁克族，老了誰照顧你們？"秦老太太苦口婆心地說。

"放心，大不了住養老院，拿錢買服務，多爽！"

秦老太太見遊說不成，也只能眼不見為淨。

十幾年過去後，秦老太太住進了養老院，她的兒子和兒媳婦偶爾會來探望她，但間隔的時間越拉越長，最近一次還是半年前。

“她的情況怎麼樣？”養老院院長問起照顧秦老太太的護工。

“身體狀況每下愈況，人也越來越閉塞，除了記賬，没別的事好做。”

“記賬？”

“嗯！密密麻麻寫了好幾本。”

秦老太太是在睡夢中去世，她的兒子過來清點遺物時發現了賬本。

“你母親特別交代要把這些賬本交給你，她說如果當初自己當丁克族，也能攢下這麼多，她希望你能把那些錢全換成冥紙燒給她。”護工說。

秦老太太的兒子收下後，答：“親兒子算什麼賬？看來我媽老糊塗，給人見笑了。”

五本賬本後來進了垃圾桶，即使賣給廢品站，回收价格恐怕還坐不起一趟公交車。

杜佳佳是個網紅作家，尤其深受女學生歡迎，但魏小茹除外，她看不懂那些莫名其妙的句子。

"怎麼會看不懂？杜佳佳寫的句子很有意境，妳得細品才行。"她的同學沈春華說。

於是魏小茹要沈春華幫著解釋，好比這句："她那白開水似的面容像一縷清風，風吹過的地方，寸草不生。"

"白開水似的面容就是......就是清純的意思，寸草不生是因為......因為大自然都自嘆不如，所以連草都長不出來。"

這下子魏小茹好像懂了。

當放學的鐘聲響起，同學們魚貫而出，魏小茹對站在校門口的班主任說：「妳那白開水似的面容像一縷清風，風吹過的地方，寸草不生。」

班主任很生氣，問她為什麼要侮辱師長？

不巧經過的沈同學像隻夾尾巴狗，默默且快速地離開。

52

城中名媛楚冰蝶的老公竟然出軌了，是可忍孰不可忍？她立馬離婚，連贍養費都不要，只要求孩子歸她。

二十年過去後，當初蹣跚學步的小女孩已經長得亭亭玉立，而邁入不惑之年的楚冰蝶依舊嬌豔欲滴，兩人站在一塊兒，沒人相信這是一對母女，說是姐妹還差不多。

從表面上看，楚冰蝶已經走出陰霾，但只有她心裏清楚，自己並沒有擺脫婚變所帶來的陰影，這也是她旗下公司（DTT)持續經營下去的原因。

DTT是Da Tai Tai（大太太）的縮寫，公司經營項目只有一個，那就是打擊小三，採取的方式簡單粗暴，不外辱罵、毆打、脫衣、剃陰陽頭……等，而且強迫男方全程觀看，以儆效尤。

這樣"不入流"的公司怎麼可能和名媛扯上關係？所以楚冰蝶讓家裏的傭人掛名老闆，自己則成了幕後黑手。不諱言地說，每完成一筆交易，彷彿就替楚冰蝶出了一口惡氣，唯有這樣，她的傷痛才能減少一些。

這一天，DTT的楊經理呈上一份最新委託，楚冰蝶翻看了一下，立即睜大了眼睛。

"我可以回絕這份委託。"楊經理說。

"不，讓我先和這位丁先生談談。"

丁先生是某外企的高管，已婚，有兩個小孩。

"丁先生，我這輩子最痛恨小三，請你放過安南，或者結束你的婚姻再與我女兒交往。"楚冰蝶放下身段說。

"沒想到安南的母親這麼年輕，如果不說，我還以為是安南，妳倆很神似，都是美女……"

“丁先生，請回答我的問題。”

“對不起，失態了，”他咳嗽兩聲，“我愛妳的女兒，但目前我無法結束婚姻，很抱歉！”

一個月之後，楚安南失戀了，她的母親將她摟在懷裏，說：“乖，別哭，有媽在。”

楚安南哭過一陣後才發現自己的母親戴假髮了，忙問為什麼？

“偶爾做個改變也挺不錯的。”她的母親答。

53

自從江老太太的丈夫去世後，她像失了魂似的，不僅身體狀況越來越差，想自殺的念頭也越發強烈，只是礙於兒子，不願給他留下心理陰影，所以遲遲未行動，直到最近睡眠質量嚴重下降（已經連續半個月無法合眼），她才又想起這件已經懸在心裏很久的事。

這一天，江老太太難得上美髮店做頭髮，美髮師問她要不要染髮？

"別染了，免得家裏的老頭子認不出我來。"她答。

做完頭髮，江老太太上自己最愛的甜品店吃了一碗芝麻糊，然後回家換上老公最喜歡的衣服，緊接著又出門。

這次她來到河邊公園，昨晚下了一場大雨，現在的水位還很高。

江老太太左看右瞧，今天的公園很冷清，但騎自行車的人還是有，她等了很久才等來一個邊騎車邊玩手機的年輕人。

"就是他了！"江老太太邊想邊走上前去。

誰也没料到不過是小撞了一下，老太太就墜入河中。年輕人嚇壞了，哭個不停。

法院後來判騎行者負80%的民事責任，賠償死者家屬二十萬元。

年輕人付完錢走出法院，心想："還好老太太預付了三十萬元，否則我可虧大了。"

54

柳婧茗像從古畫裏走出來的仕女，眉梢眼角藏著秀氣，聲音笑貌還盡顯溫柔。誰能想到這樣柔順的美女，有一天竟然狠心把一頭烏絲給剪了。

有人說她暗戀的男人結婚了，她終日鬱結，最後把長髮剪了，了卻這段還沒開始就已結束的單相思；又有人說公司上司對她垂涎已久，她為了斷他的念想，一咬牙剪了個男式平頭；還有人說她的性取向早有問題，忍了這麼久，真難為她了……

每當有人拐彎抹角地詢問她時，柳婧茗總是苦笑不語，這更添加幾筆神秘色彩。

當24歲的生日到來，這個頭髮短得不能
再短的女人終於找到樹洞，面對為她慶
生的朋友們，她閉上眼睛許願：" 希望
我的頭髮快點兒長出來，還有，我發誓
再也不迎風吃麥芽糖了。"

55

那個男人在廣場上侃侃而談已經數十日了，但行人匆匆，無人為他停留。

這一天，一群女大學生嘰嘰喳喳地路過，被這個男人喊住：「喂！妳們想不想去未來世界？」

女學生們面面相覷，最後一個微弱的聲音響起，問：「未來的世界是什麼樣子？」

男人答未來的世界有機器人效勞，不用為了柴米油鹽忙碌，也無需工作。

「那麼每天睜開眼睛要做什麼？」另一名女學生問。

“只要享受生活的便利就行，可說是茶來伸手，飯來張口。”

此時有人提出疑問，既然未來世界如此美好，他為什麼還需要“回到過去”招兵買馬？

男人回答：“因為未來人懶散慣了，普遍不想生育，導致老齡化相當嚴重，急需新血注入，最好是女性，一胎能生十個八個。放心，未來世界科技發達，技術上完全没問題。”

女學生們聽完，一哄而散。

56

尤耿直是個憤青，上到時事，下到食堂的飯菜定價，他都要噴個遍，早已成為學校的重點觀察對象，誰能想到這樣的"問題學生"卻很招宋意涵喜歡。

"條件比他好的男生多了去，妳眼瞎了不成？"她的閨蜜對她說。

"我喜歡他桀驁不馴的樣子，尤其眼睛還有光。"

她的閨蜜没留意尤耿直的眼睛有没有光，倒是宋意涵談起這個男孩時，眼裏有星星。

話說尤耿直不是没注意到宋意涵，但一聽說她的父親是地方首富（也就是萬惡的資本家），立馬劃清界限。

然而"女追男隔層紗"，在宋意涵的不懈努力下，兩人最後走到了一起，並且有了和"萬惡資本家"共進晚餐的機會。

席間，尤耿直仍不改憤青本色，到處噴這噴那。

"真是後生可畏呀！本公司正需要像你這樣的熱血青年。如果不嫌棄，大學畢業後歡迎來找我，我會為你安插物流公司經理一職。"宋父說。

"我最不屑走後門，請讓我從基層做起。"

尤耿直後來如願得到"送貨員"一職，在經過社會碾壓及同事排擠後，他變得世故圓滑多了，可是宋意涵卻在此時提分手。

"我看尤耿直越變越好，妳怎麼反倒不喜歡他了？"她的閨蜜問。

"因為他眼裏的光不見了。"宋意涵答。

57

朱裕又叫"慾豬"，這可不是什麼好綽號，但他完全不在乎其中的影射，反而認為有綽號代表接地氣，何況偶爾的"身體接觸"有助拉近和下屬（嗯……女下屬）的距離，直到某天女兒哭哭啼啼地回家。

"怎麼了？寶貝。"他問。

女兒不肯說，還是老婆代答，原來女兒在學校被男同學摸屁股了。

"是哪個殺千刀的？明天我就到學校把他揪出來！"他憤憤不平地說。

在女兒的苦苦哀求下，朱裕最終放棄追究，但仍不忘耳提面命："下回小色鬼再伸出魔爪，立刻賞他一巴掌。別怕！有老爸替妳撐腰。”

過了一個星期，班主任通知朱裕到校，因為他女兒打人了。

朱裕心想正中下懷，他非得讓那個小色鬼嚐嚐属害不可。

為了不讓當事人二度起衝突，班主任只安排雙方家長見面，當見到小色鬼的母親時，朱裕像洩了氣的皮球。

“朱經理，我兒子太熱情，給您添麻煩了。”

“哪裏哪裏，小孩子嘛！玩玩而已，我女兒也太當一回事了。”

從此，朱裕在公司像變了個人似的，有新進同仁問：“朱經理是不是受了什麼刺激？怎麼看到女人像看到鬼一樣。”

婚後沒多久，安妮的老公便提議找人代孕。

"你⋯⋯你是不是聽說什麼了？"安妮問，心中很忐忑。

"小傻瓜！"他點了一下她的鼻尖，"我是心疼妳，懷孕不僅身體不適，身材也會變差，何況生產是個大工程，我可不希望妳有任何閃失。"

在老公的不斷遊說下，安妮最後鬆口，只是附帶一個條件，那就是代孕媽媽的人選必須通過她這一關，她可不允許隨隨便便的人來孕育她的寶貝。

第一次和代孕媽媽見面，安妮就隱隱感覺不妥，不是對方不夠好，而是太好了。

「冒昧問一句，既然妳有才又有貌，為什麼……為什麼選擇當代孕媽媽？」安妮提出疑問。

「因為我愛的人娶了別人，反正這輩子我是不會再愛了，選擇當代孕媽媽也算圓了我想當母親的心願。」

這解釋乍聽之下很合理，但不能深究，一深究，疑點重重。

見過面後，安妮決定打退堂鼓。

「妳就是想多了，這人多好，學歷高，還在美國工作，生完後不會回頭找我們糾纏，妳打燈籠都找不著。」她的老公說。

就在半推半就下，安妮把生育的工作交給了這個陌生女人，然而不到七個月，孩子就出生了。與一般的早產兒不同，這個孩子足足有九斤重，哭聲很宏亮。

迎接新生兒的喜悅沒多久便被流言蜚語給潑了冷水，因為有人說孩子長得特像一個人。

“說！美國學妹是怎麼回事？”安妮質問老公。

“早八百年前的事，還提？”

安妮不信，執意驗DNA，檢驗的結果她老公是孩子生物學上的父親。

“這就好了，不是嗎？反正妳也生不出來。”安妮自言自語，然後把屬於自己的那一份報告扔進碎紙機裏。

59

*1*992年夏天，吉姆因為嚴重的自殘行為被家人送進精神病院，他就是在那裏遇見強尼，一個自稱來自F星球的外星人。

"很久很久以前，F星球的高級生物為了尋找某元素來到地球。當時的地球還處蠻荒時代，F星球的高級生物突發奇想，以猿為對象，再加入一些設定好的基因，培養了第一批人類。"強尼說。

"你的意思是地球人是外星人的實驗項目？"

"是的。再告訴你，當時的命題是'性惡更能加速進化'，為了讓實驗更具可信度，還分實驗組和對照組。實驗組的人就是所謂的壞人，可以明著壞，譬如殺人成狂或傷人取樂等；也可以暗著壞，譬如把人逼入絕境，而自己毫髮無損。至於對照組則是普羅大眾，這組的人都被分配到70%的善和30%的惡，只要沒有突發事件，對照組普遍以善示人。”

強尼說的話挺有意思的，解答了吉姆的部分疑惑，但他還有困惑之處。

“你倒是說說我為什麼會快樂不起來？”他問。

“那是因為你不知道自己只是參與了一個實驗項目，好比培養皿裏的細菌，再渺小不過。還有，如果我猜的沒錯，你有嚴重的精神潔癖，接受不了自己的惡，偏偏這是一早就設定好的，所以才會不快樂。”

和強尼談話過後，吉姆感覺好多了，漸漸的，不論是人生觀還是世界觀都產生了巨大的變化，他甚至偶爾會開一些無傷大雅的玩笑或故意做一些小惡，好看清自己的本質其實沒那麼高尚或特殊。

1993年春天，吉姆出院，在家人的資助下開起一家炸雞店，我就是在那家炸雞店用餐時聽老闆講起這個故事。

"現在強尼人呢？"我邊吃炸雞邊問。

"還在精神病院裏。"他答。

60

何尉是一名廚師，不管是販夫走卒還是達官顯貴都喜歡他煮的菜。

某天，服務員遞給他一張紙條，上面寫著：今天的湯沒煮出味道來。

他放下鍋鏟走了出去，發現給他留言的是一位長相甜美的年輕女孩，人如其名，就叫田甜。

田甜後來告訴他，湯沒問題，而是她想認識能煮出這麼美味食物的人。

誰能抵擋這樣的恭維（尤其還是美女的恭維）？

轉眼他倆已經處了兩年，田甜也誇了他兩年。在女孩眼中，即使用最粗糙的食材，男友也能煮出最可口的飯菜，直到……

「你的湯沒煮出味道來。」田甜冷冷地說。

何尉嚐了一口，還是原來的味道。

「不止湯，雞肉很柴，蛋也炒老了。」田甜又說。

「那我重新煮。」

「不必，我到巷口吃碗陽春麵。」

這樣的對話從每兩個星期一次，激增至餐餐皆是。何尉很不解，從業十餘年，幾乎無差評，最大的投訴竟然來自女友。

當有人告訴何尉，田甜變心時，他反倒鬆了口氣。

「原來不是食物的問題。」他心想。

紀母把全部的精力放在女兒的教育上，為了提高效率，行軍事化管理，女兒不堪壓力，最後自盡了。

痛定思痛，四十歲高齡的紀母再度懷胎，這回是個男孩。面對新生命，她是捧在手裏怕摔了，含在嘴裏怕化了，溺愛的結果，養了個廢物，高中畢業後就宅在家裏啃老。

臨終前，紀母對兒子說：“如果我把同等的心力放在自己身上，也許早捧回一個諾貝爾獎。”

兒子問醫生：“我媽已經胡言亂語了，她是不是快死了？”

許藥劑師的藥妝店就開在全美最大的華人聚集地—法拉盛，縱使他的客人以華人居多，但他從不隱藏自己的"香蕉人"本質，開口閉口就是"他們中國人……"。

在他的固有觀念裏，非裔都懶，拉丁裔多花癡，亞裔則心機重，至於他自己……心理上早已向白人靠攏。

這一天臨藥妝店關門前走進來一個女人，看樣子剛從中國大陸來此不久，身上還帶著去不掉的土味。

許藥劑師很不耐煩，責問為什麼不早上門？

那女人答孩子發燒，想買些退燒藥。

許藥劑師的骨子裏雖然不認同自己的祖國，但美鈔是認同的，所以把藥賣給她，一句叮囑的話都沒有。（注：藥劑師有義務告訴買藥者如何用藥。）

這麼一折騰，早過了關門時間。

許藥劑師正要拉下鐵門，一個體面的白人走上前來，很有禮貌地詢問能不能買個藥 ？

如果換成黃種人或黑種人，許藥劑師肯定讓他吃閉門羹，但眼前是高貴的白人，而且看著像是公司高管或大學教授。

"No problem." 許藥劑師答。

隔天，法拉盛的一家藥妝店被拉上黃色警戒線。

63

董丹燕永遠記得那個陽光燦爛的午後，一個中年人上門給了繼母一沓紙錢，繼母便要她跟他走。

通常的情況下，董丹燕是不會隨隨便便跟一個陌生人走，可是這個男人不一樣，他已經偷偷觀察自己有一段時間了，每當眼神交會時，他總給她溫暖的笑容。

"妳幾歲了？唸過書沒？"男人在火車上問她。

"14歲，家裏沒錢，只唸到小四。"

男人很滿意，他千里迢迢來到這個窮鄉僻壤，就為了找尋理想的妻子人選，沒想到還真被他找到了。

113

回到城裏後，男人便開始他的"妻子養成計劃"。在他的調教下，董丹燕很快喜他所喜，愛他所愛，從頭到腳活成"以夫為天"的樣子。

好景不長，男人的美滿生活止步於五十歲那一年。臨終前，他背著醫生對董丹燕說："沒有我，妳應付不了這個瘋狂的世界，所以我死了之後，妳也自行了斷，這樣我們還能在天堂相逢，繼續過上神仙眷侶般的生活。"

董丹燕點頭如搗蒜。

男人永遠閉上眼睛後，董丹燕果然尋死，好在被救了回來，可是無論男醫生怎麼問話，她只點頭或搖頭，無奈之下只能請出女護士。

"醫生問妳話，妳怎麼不回答？"女護士問。

"我愛人說外面的男人都是騙子，不可信，別和他們說話。"

女護士笑岔了氣，問她的愛人是不是清朝人？

"不是，他剛過世不久，是他要我跟他一起上天堂。"

越深入交談，女護士的背脊越拔涼，這個和她年紀相仿的女孩已經徹底被洗腦，完全失去自我。

當女護士告訴董丹燕現代女性可以不依賴男性過活時，她嚇壞了，心想："原來愛人說的沒錯，這個世界太瘋狂，我應付不了。"

昨天皮佳娜還貴為一國王后，今日卻成為階下囚，果然伴君如伴虎。

眼看國王是狠了心不管皮佳娜死活，那些原本還"手下留情"的獄官開始露出真面目，不僅對昔日王后指來喝去，言談間也極盡尖酸刻薄之能事；獄友們也一樣，時不時以欺負皮佳娜為樂。

就在四面楚歌的情況下，有一個人反其道而行，她會安慰這位虎落平陽的女人，也會幫她做一些苦活、髒活，甚至當有人欺負前王后時，第一個挺身而出的人也是她。

“妳叫什麼名字？”被照顧這麼久的皮佳娜終於願意知道這個人的名字。

“我叫賴拉，主子。”

“我不是主子，只是一名囚犯。”

“不，您就是我的主子，賴拉永遠追隨您。”

政壇風雲千變萬化，王宮的鬥爭也一樣，誰能想到皮佳娜又復寵了？

她回到宮中的第一件事便是對國王狂吹耳邊風，那些曾經在獄中欺負過她的人，一一得到最嚴厲的懲罰，至於賴拉……她被轉移到另一所女子監獄，離皇宮更遠。

“哎！對人掏心掏肺是把雙刃劍，愿賭服輸。”賴拉邊刷獄中馬桶邊感慨。

65

阮淑嫻，女，生於1951年，初中文化，有一子，鞋廠工人。

阮淑嫻，女，生於1951年，初中文化，有一子，三甲醫院醫生。

阮淑嫻，女，生於1951年，初中文化，有一子，居中國福布斯排行榜前十。

如果我猜的没錯，你腦海裏的老太太形象連續變了三回。

66

強森競選總統時，一幫商業大佬沒少資助過，沒想到他一上台便將遺產稅提高至50%，大佬們炸開鍋，前仆後繼"邀請"總統喝下午茶。強森也不閃躲，把他們通通請進總統府的會議廳開最高級別的會議。

"總統先生，競選時我們沒少幫忙，如今您來這麼一齣，豈不是過河拆橋？"股神巴迪首先發言。

大佬們紛紛點頭。

"你們稍安勿躁，讓我的財務長跟你們詳細解釋解釋，我去遛個狗，失陪了。"

總統走後，他口中的財務長開始主持會議，一開口就強調這社會普遍痛恨有錢人，總統先生不得不先拿他們開刀，不過遊戲有遊戲規則，就看怎麼玩。

"能不能別繞圈子？"社交軟件創始人吉爾扎沒了耐心。

"咳、咳、"財務長咳嗽兩聲，"這麼說吧！你們可以創辦慈善基金會，把錢全放進去，那些錢不需要納稅，你們可以指定百年後由誰接管，這不就完美地避開遺產稅？而且每年只要拿出其中的10%做公益即可，支出項目尚包括顧問費，至於聘誰當顧問，你們說了算。"

大佬們你看我，我看你，嘴角有了笑意。

"好是好，但終歸是自己的錢，沒法兒做大呀！"說話的是曾經的該國首富。

財務長神秘一笑，答："基金會接受各界捐款，積沙成塔，同時還獲得慈善家的美名，何樂而不為？"

很快，富豪們相繼宣佈裸捐，且捐贈的對象無一例外都是自己名下的慈善基金會。

"世人普遍以瘦為美，這是上流社會開啟的遊戲，妳身為時尚博主，何不測測自己的影響力？"史密斯博士說。

"如何測試？"時尚博主問。

"只要不間斷地誇讚一個胖子即可，看看這個社會的審美觀會不會因此改變。"

時尚博主認為這個主意不錯，最近她的流量下降不少，正好藉機炒作一下。

想到做到，當時有個歌手聲音甜美，但身材肥胖，没少被揶揄，時尚博主決定從她入手。

"史黛拉的身材迷人，看到她就像看到太平盛世，能擁抱那樣柔軟的身軀大概是全天下男人夢寐以求的事……"時尚博主在直播間侃侃而談。

一開始評論區有不友善的聲音出現，但很快便被壓抑許久的胖哥胖妹給擊潰，時尚博主成功圈了一群死忠粉。

骨牌效應相繼發生，久而久之，白白胖胖成了美麗多金的象徵，而那些身材纖細且有小麥膚色的人反倒像是底層的勞動工作者。

"這個實驗是成功的。"史密斯博士說完，把一個三層巨無霸漢堡吞下肚裏去。

實話告訴你，實驗前的史密斯博士有兩百斤重，實驗後，一般的機器已經量不出來。不過這個不要緊，光看路人投來"羨慕嫉妒恨"的眼神，他知道這個數字肯定往上翻了兩翻。

68

即使麗莎在學校的風評不好，多年以後，大衛依然覺得她是個極具魅力的女人，這個魅力還包括她分手時的決絕。

"麗莎，我愛妳，妳能告訴我為什麼要分手嗎？" 大衛痛苦地問。

"我不愛你了，就這麼簡單。" 她答。

後來麗莎又交了十幾個男友，通通以分手告吹，直到嫁給傳媒業大亨才算安定下來（目前看是找到歸宿，但誰知道以後呢？）。

大衛後來也成了身價億萬的富豪，但在商場上的風評並不好，最令人詬病的便是利用完"一段關係"即扔（前一秒還肝膽相照，後一秒可以視若無睹）。

午夜夢迴，他起床斟了一杯紅酒，隔空喊著："麗莎，這杯是敬妳的，如果沒有妳，也許我還是個講義氣的窮小子！"

難得回一趟老家，母親就追問簽約的事，讓蔣美純好不心煩。

"妳得加把勁，絕不能讓IT男溜了，蛋糕店老闆不就是這麼給溜掉的嗎？"母親說。

講起蛋糕店老闆，蔣美純到現在還意難平，一直以為他資金不夠，所以沒怎麼催促，沒想到兩年後那男人跟另一個小姑娘簽了，讓蔣美純氣得捶胸頓足。

有了前車之鑑，這次她改採速戰速決的方式，接觸三個月後便坐下來和IT男談簽約的事。

"我沒那麼多錢呀！"他說。

“我沒要求你付全部，我也會出點兒。”

“妳出多少？”

“我沒你賺的多，頂多出 1/3。”

“獲利怎麼分？”

“對半分。”

“這下我豈不虧死了？”

“那我投入的時間怎麼算？陪吃陪喝陪聊還……還陪睡。”

“妳要這麼說就沒意思了，我難道沒陪吃陪喝陪聊還陪睡？”

話不投機，兩人不歡而散。

今日聽母親一問起，勾起了蔣美純的傷心往事，她心裏有數，簽約的事大概黃了。

從老家回來後，蔣美純很快投入工作之中。這天中午午休時間，同事黃姐興奮地說有個大案子讓蔣美純接。

“我以前接的案子都沒誠意簽約，白浪費我時間。”她意興闌珊地答。

“這個不一樣，他的合夥人剛走，急需人頂替。”

蔣美純心想也許可以試試，但仍不忘問
上一句：「有孩子嗎？」

蔣美純心想也許可以試試，但仍不忘問
上一句：「有孩子嗎？」

70

賈彤最大的心願便是坐在紐約卡內基音樂廳裏聽自己的兒子彈奏鋼琴，可惜這個美夢只做了八年便宣告破滅，她的兒子為了徹底斷了她的念想，甚至扳斷自己的小指頭（後來又給接了回去）。

失望至極的賈彤花了好長一段時間才走出陰霾，她心想做不成鋼琴家，那就加強文化課吧！一連給兒子報了好幾個補習班，夙夜匪懈的結果，好不容易掛了個一本的車尾，四年後也成功拿到大學畢業證書，離她的第二個願望又更近一些。

賈彤的第二個願望依舊宏偉，她希望兒子考上公務員，然後平步青雲，最後能

128

坐下來跟總理談論國事，可惜這個願望
又落空了，她那被寄予厚望的兒子成了
一所私立中學的教師，後來跟同校的出
納員結婚，生下一個男孩。

至此，賈彤對兒子算是沒了盼頭，她把
希望寄託在孫子身上，家裏的鋼琴還
在，就等著他去彈奏。

沒想到這對夫妻連這個小小的念想也不
留給她，一家三口飛到清邁去過閒雲野
鶴的生活。

形單影隻的賈彤因此變得越來越閉塞，
每天外出散步也盡量避開熟人，只有當
遇到陌生人時，她的話才多了起來。

"老太太，您多大歲數了？"

"65了。"

"您不說，我還以為頂多60。"

"哎！兒子和兒媳孝順，給我請了保姆
，我是茶來伸手飯來張口，每天過得無
憂無慮，當然看著年輕。"

"兒子在哪高就？"

"他是個鋼琴家，每天的行程排得滿滿
的，去年我還在紐約卡內基音樂廳聽他
演奏。噢！對了，咱們的總理說他是國

人之光，甚至和他坐下來談論音樂。"

"這麼厲害！他叫什麼名字？"

" 名字就不說了，做人要低調，不是嗎？再告訴你，我的兒媳也是鋼琴家，只是名氣沒我兒子大，至於孫子……呵呵！小小年紀就被美國柯蒂斯音樂學院給錄取了，拿的是全額獎學金。"

"哇！府上真是人才輩出。老太太，能加個微信好友嗎？"

" 什麼微信好友？我不懂這個。你路上小心點兒，拜拜！"

賈彤有個原則，談過話就算熟人，而她盡量不跟熟人說話。在這個前提下，她每天的散步範圍不得不擴大，這樣才能保證遇得上一個陌生人，好告訴他那個亙古不變的故事。

71

洪氏夫妻在中國城開了一家港式茶餐廳，生意一般加上租金昂貴，所以支撐得很辛苦。還好夫妻倆没孩子，兩個大人勒緊褲帶也能勉強度日。

基於上門客人不多的現象，洪氏夫妻非常重視回頭客，只要走進"洪記"，那叫個賓至如歸。久而久之，營業狀況有了很大的改善，誰能想到就在這時候，餐廳開始三天兩頭關門，好不容易聚集的客人又慢慢流失，再這麼惡化下去，離永久歇業大概不遠了。

果不其然，"洪記"的招牌最終被卸下，房東重新貼上招租的廣告。再過没多久

，流言蜚語便傳開了，原來洪氏夫妻間
歇性關門是為了照顧一個風燭殘年的餐
廳常客。老人故去後，洪氏夫妻"意外"
獲得了一筆相當豐厚的遺產（當然，你
也可以說這一點兒也不意外）。

沈清風的伯父是個古董商，小時候他總愛在那個精緻的小洋樓裏打轉。在他的腦海裏，那是個充滿奇珍異寶的夢幻世界，和他住的陰暗胡同完全不一樣。

"清風，你怎麼老來我這兒？"他的伯父問。

"因為這裏的東西外面没有。"

"漂亮嗎？"

"漂亮。"

"其實你父親以前也是古董商，只是他太實誠了，東西在他手裏賣不出去，只好改做別的。"

這是第一次沈清風聽說自己的父親也曾是古董商，在他的印象裏，古董商就該像伯父一樣有錢，住洋房、開洋車，家裏還有傭人使喚。

“你能告訴我，為什麼東西在我父親手裏賣不出去嗎？”沈清風問。

伯父沉默一會兒後，指著紅木書桌上的一個青色小碗說：“這是清末的筆洗，又稱墨洗，以前的人拿它盛水涮洗毛筆。聽完我的介紹，你願意花多少錢買它？”

沈清風是個11歲少年，平常囊中羞澀，所以一時給不出價錢。

他的伯父留意到他的窘態，表示可以用他早上吃的窩窩頭來換。

“十個。”

“如果我再告訴你，這個筆洗慈禧太后曾經使用過，你願意用幾個窩窩頭來換？”

“二十個。”

“這就是答案。”伯父笑了，“記住了，人們喜歡聽故事，至於如何讓故事聽起來有模有樣，這就是學問。”

後來沈清風成了演講大師，聽過他演講的人無不群情激昂。奇怪的是，從未有人懷疑過那些正能量小故事的真實性（好比十八世紀的華盛頓總統為什麼會跟十九世紀的愛迪生產生交集），重要的是它聽起來有模有樣，像真有那麼回事。

"沈大師，這季的演講費1250萬元已經打入您的賬號內。"

"知道了，謝謝！"

靠著一年三百場的演講費，沈清風早已在全國置產無數，其中包括他伯父當年住過的小洋樓。

73

袁大山的父母很早就出外打工，他是奶奶帶大的。奶奶去世後，他没見父母回來奔喪，所以強烈懷疑自己是個孤兒，"父母健在"不過是個美麗的謊言。

草草辦完喪事後，袁大山到大城市討生活，做過保安、快遞員、酒店門僮、洗碗工……等，但都不長久，因為和自己的理想工作（事少、錢多、離家近）相距甚遠，直到遇見那個老外。

藍眼珠老外告訴他，有個工作挺適合他，月入一萬，還包食宿。

袁大山一聽，這豈不是天上掉餡餅的事？立刻接下這份工作。

"把那件粉紅色襯衫給燙了，晚上我要穿。"老外說。

"好的。"

袁大山的工作是家務員，這是比較體面的說法，但從工作內容來看，更像是"陪睡男僕"。不過袁大山可不這麼想，他認為自己是被人寵愛的幸運兒。

事情的轉折發生在中秋節的晚上，纏綿過後，老外對他說："我被調到波士頓工作，不會再回來了。"

"那我怎麼辦？"

"愛德華挺喜歡你的，也許你願意到他那裏去。"

老外不假思索就回答，倒像是一早就計劃好的，這讓袁大山很受傷，他賭氣地說："一個月五萬元。"

老外很詫異，他給的月工資不過是一萬。

"當時我誤以為那是愛情，所以不計所得，但這個是賣的，價格自然不同。"袁大山冷冷地解釋。

愛德華最終沒有要他，五萬元可以買五個小鮮肉。

幾個月後，人們發現有個年輕小伙子流連在各大夜場，逢男人便問：“需不需要男僕？價格好商量。”

74

蜂鳥是世界上已知最小的鳥類，因體型及拍打翅膀所發出的嗡嗡聲很像蜜蜂而得名。

這一天，蜂鳥媽媽下完蛋，展翅出外覓食，回來後發現多了一個蛋。她沒多想，繼續盡母親的天職，只是不知為什麼，本來鳥巢裏有三個蛋，最後只孵化出一隻，還是個巨型寶寶，胃口大得很，害蜂鳥媽媽疲於奔命。

後來，一幅滑稽的畫面出現了，一隻5釐米不到的鳥媽媽在教一隻30釐米大小的幼鳥飛翔。幾次來回後，幼鳥飛走了，連再見的話都沒說。

“終於結束了，”蜂鳥媽媽鬆了一口氣，
“還好我不是人類，否則生出這麼個巨
無霸，老公不捶死我才怪。”

（注：部分杜鵑鳥有巢寄生行為，會把
蛋下在別的鳥的鳥巢裏，讓不知情的鳥
媽媽去餵養。）

75

從前有個國家叫殤國，這個國家很窮，人民的幸福指數很低，讓國王很是苦惱。

有一天，大臣向國王進言："向西翻過五個山頭，有個國家叫悅國，那個國家也很窮，但人民的幸福指數卻高得不得了。"

於是殤國國王不惜爬山涉水去取經。

悅國國王對他說："我的子民全信仰宗教，這裏三步一小廟，五步一大廟。廟裏的師父負責開導他們知足常樂、安於現狀，同時反復強調國王就是他們的父親，你說誰會不管父親死活？所以我的子民每個月都會奉獻自己所得的 1/5 給我，而且是心甘情願。”

殤國的翻譯人員其實没全聽懂，但“子民每個月都奉獻自己所得的 1/5 給國王”倒是聽清楚了。

“原來這麼簡單，我回去就下令執行。”殤國國王說。

不到一年的時間，殤國國王就被推翻，上斷頭台前，他仍不明白為什麼會是這個結局。

西元2180年的物價如下

1、購買一輛無人駕駛汽車：¥10，000

2、擁有一個全天候服務的機器人：¥20，000

3、體驗一趟宇宙飛行：¥30，000

……

101、得到一個人類的陪伴：¥9，000，000，000，000，……

打從進校園起，蕭慶便看上龐雅云，他追求了她四年，她也給足了四年的冷漠臉。畢業典禮結束的那天下午，蕭慶決定和龐雅云攤牌，如果再不行，他就徹底死心。

“我哪裏不好？”他問。

“是我個人的問題，與你無關。”

蕭慶執著地要一個明確的答案，於是龐雅云告訴他一個發生在十多年前的往事。

“那個男孩住在山上，我住在山下，每天他都會下山和我玩。有一天，我尾隨他上山，想知道他住在哪裏，結果他跳進河裏不見了。我跑回家求救，父親很快召集鄰居一同上山救人，結果人沒救到，反倒收穫一簍又一簍的綿魚，可說是滿載而歸。」

「那男孩呢？」

「不知道，」龐雅云顯得悲傷，「但從此我的童年就少了一個玩伴。不怕你笑話，我甚至認為他是魚變的，以致後來我從不吃魚。」

「這件事和妳拒絕我有關嗎？」

「有。實話告訴你，我還在等他，等著跟他道歉，因為我的魯莽，破壞了他的生活。如果等不到，我會守貞一輩子，因為他是一道我永遠也跨不過去的坎。」

蕭慶露出理解的笑容，並且祝她早日找到她的"綿魚王子"。

午夜夢迴，蕭慶一下子回到六歲那一年，一個小女孩對著河水嘶聲裂肺地喊著，躲在岩石後面的他原本想現身，告訴她一切只是個玩笑，沒想到女孩一溜煙跑了，蕭慶只好全身濕漉漉地回家，還挨了母親一頓好打。

大概落水著涼的緣故，當夜蕭慶高燒不退，這一病就是好幾天。等病好了，家裏人卻為了躲債，連夜搬家，從此他便與這個可愛的女孩分道揚鑣，没想到後來她會懷著愧疚長大，還拒絕吃魚，這是他始料未及的事。

一番天人交戰之後，蕭慶選擇讓綿魚王子永遠活在龐雅云的世界裏。

"這也算是另類擁有吧！"他心想。

孟橋是一所高中的美術老師，這一天，他輔導完想考美術學院的學生，又在路邊吃了一碗螺螄粉，時間已經很晚了，晚到小巷裏空無一人，只剩一盞昏暗的路燈，把他的影子拉得老長、老長……

"嘿！小子，牆是你家的嗎？"孟橋大喝一聲，那名少年立馬消失得無影無踪。

孟橋走上前查看，糟糕！牆面已經五顏六色。

"都是一些不學好的，這下子屋主人可要氣壞了。"他邊嘀咕邊離開。

隔天一早，很多人站在塗鴉牆前議論紛紛，孟橋趕著上班，沒有停留，若不是校長晨間講話時提起，他不會知道X畫家昨晚又出現了，而且曾與他失之交臂。

X畫家是網民給的暱稱，行踪飄忽，每次都能留下曠世傑作。被選中的牆面，主人無不欣喜若狂，因為有了大師的畫作加持，房價翻了數十倍不止。

聽說了X畫家的傳奇故事後，孟橋打算回家路上好好欣賞一番，結果被這事那事給耽誤了，進入小巷時已是夜深人靜。

"切，畫的什麼東西？比我班上最差的學生還不如。"孟橋邊看邊搖頭，猛然發現畫面上的蘋果只畫了半個，想必是昨晚被他喝斥，X畫家沒來得及完成的緣故。

孟橋是美術老師，那半個蘋果讓他如鯁在喉，於是拿出袋裏的畫筆，三兩下便把另外半個蘋果給補上了。

"原來你就是X畫家，能幫我簽個名嗎？"

孟橋一轉頭，發現一個年輕人正舉著手機錄像。

"我不是X畫家，你誤會了。"

“別謙虛了，我料準X畫家會回來補畫，已經在此蹲守兩個多小時，果真被我等到。”

儘管孟橋一再否認，仍不管用，他只好腳底抹油。

過了幾天，消息不脛而走，他的連番否認成了"此地無銀三百兩"的鐵證。

從此人們認定孟橋就是X畫家，爭相捧著鈔票讓他上門畫幾筆，全被他轟走了，但恩師一開口，他不好拒絕。

“這小子竟把爛攤子丟給我，也不出面澄清，一旦被我逮到……”他拿筆的手停在半空中，“等等，錄像的那個年輕人會不會就是X畫家？”

猜疑歸猜疑，根本改變不了什麼，他已經是X畫家，沒人相信他會是個冒牌貨（他也不應該是，否則顯得大眾都是無腦之人）。

“哎～”孟橋長嘆一聲後，繼續在牆上塗鴉，背後有上百人在做現場直播。

揮劍江湖是一個勤奮的作家，寫作十餘年，微薄的稿費仍然支撐不起一個家，哪怕只是孤家寡人，哪怕只是不到二十平米的居住空間。

考慮再三，他發帖求資助，還引起一番熱議。没多久，他的一個粉絲米小姐提出每月資助他兩千元，直至他能自立為止。

兩千元雖不多，卻是粉絲1/4的月工資。為了表達感謝，揮劍江湖每個月都會手寫一封信給米小姐，內容多半談些生活瑣事、人生感悟或有關新小說的構思。

時光荏苒、歲月如梭，另一個十年過去了，終於迎來揮劍江湖的高光時刻，名和利齊齊向他飛來。

米小姐的資助當然停了，但非議聲四起，因為人們普遍認為揮劍江湖不厚道，既然發達了，應該給予當年雪中送炭的人一些回報才是。

好在米小姐看得開，當初資助偶像也沒想過有朝一日他會成為作家富豪榜上的常客，何況揮劍江湖仍然一月一封信，在什麼都講求效率的時代，能一筆一劃地寫信，實屬不易。

揮劍江湖病逝後，他的三十億元遺產進了慈善機構，一分都沒留給米小姐。米小姐把手中近五百封信件往拍賣行一送，勉強賺了一億。

諾瓦克醫生為了印證他的假說，故意調換兩個家庭背景懸殊的新生寶寶，直到彌留之際才說出這個驚人的秘密。

神通廣大的記者很快找到當年被偷換的孩子，四十幾年過去了，兩人都已成家立業，高知父母的親生兒，現在是一名沒什麼名氣的作家，擅長描寫底層社會的黑暗面，收入甚微；而原本應該在罪犯家庭長大的孩子，現如今是一所大學的教授。

這個實驗無疑證實了諾瓦克醫生的假說——後天的因素大過基因。

送走記者和攝影師後，卡納斯教授回到
房間。不一會兒，他打開電腦進入暗網
，當看見一名少女被性虐待時，不由自
主地血脈償張。

81

廖啟明決定在愚人節這一天捉弄一下新婚妻子，這個秘密他只告訴自己的好兄弟小郭。

"明，你怎麼了？是不是在公司裏受氣了？"他的妻子小玫問。

"我已經知道真相了，妳還打算瞞到什麼時候？"

聽說老公已經知道真相，小玫顯得慌張。廖啟明察覺有異，一再追問，最終風雲變色。

"妳和上司......多久了？"廖啟明痛苦地問。

“不到一年，最近還懷上了，正不知如何向你開口。等等，我拿寶寶的超音波照片給你看。”

當小玫拿著彩帶噴花筒從房間裏走出來，想反將自己的老公一軍時，廖啟明已不見踪影。

幾個月過去後，小郭以證人的身份上法庭，承認自己事先將好友的惡作劇計劃透露給嫂子知道。

原告席上的未亡人哭得死去活來，從沒想過這麼離譜的事情也會發生，當得知加班至深夜的老公躺在血泊之中時，她還以為是愚人節開的玩笑。

82

白幽蘭是個假名媛，之所以鬧到全國皆知，還得感謝曾經的閨蜜—夢天集團總裁之女應小小。

"被欺騙"讓這個不食人間煙火的真名媛抓狂，以致只要白幽蘭一有風吹草動，應小小就送上大批黑粉。

奇怪的是，白幽蘭越被詆毀，關注度就越高。

有公司留意到她身上的流量，聯繫她賣貨。白幽蘭也不負所託，首場就表現出色，久而久之，她成了王牌賣貨主播，年收入高達上億元。

某天，白幽蘭帶著她的三歲女兒出席某名媛之女的百日宴，席間，她巧遇昔日閨蜜應小小。

"蘭蘭，女兒都這麼大了？改天上我家玩，我女兒就缺個玩伴。"應小小把眼睛笑成彎月形，"對了，下週末有空嗎？如果有空，陪我到巴黎看秀，我正好有兩張VIP入場券。"

喬媽媽不明白自己的女兒為什麼執意要當裸模，在她看來，這是挺丟人的職業。

"媽，畫我的是一位有名的畫家，畫面一點兒也不猥褻。"喬若瑜說。

由於女兒曾有過幾次自殺行為，喬媽媽不敢刺激到她，叨唸幾句便放行。

兩年後，聽說呂大師開畫展，喬媽媽天沒亮就去排隊，當她看到一幅名為《天使容顏》的畫作時，不禁流下淚來。

"若瑜，媽看到了，真美，一點兒也不猥褻。"喬媽媽喃喃道。

84

李冰花受夠了老公的家暴行為，原本想從山上往下一跳，一了百了，但當看到草叢裏的彩色蘑菇時，她打消了自殺念頭。

傍晚，李冰花的老公插完秧回到家，當看到桌上只有一道菜時，不免來氣，她的身上因此又添新傷。

隔天，警察問李冰花：「妳不知道彩色蘑菇會致死嗎？」

「不知道。」她答。

警察没懷疑，那個村子的女人幾乎都是文盲，既然大字不識幾個，又怎會知道彩色蘑菇有毒？

李冰花後來被判處有期徒刑一年，緩刑兩年。

其實這村子裏的人都知道李冰花有個打老婆打出名的爺爺，某天吃完飯便一命嗚呼。在那個動蕩的年代裏，人命如草芥，李冰花的奶奶安然無恙地活到七十多歲才壽終正寢。

85

算命先生曾經告訴小鄭，他的壽命將止於今年的五月份。這個預言像個魔咒，時刻影響他的心情。

後來他將這個煩惱告訴好友，好友給他出主意："既然五月是死亡月，那麼待在家裏好了，有什麼比家更安全？"

小鄭想想也對。

當時間跨入五月一日，他就宅在家裏，日常所需皆靠外賣，好不容易撐到五月三十一日，這下子應該避開厄運了。

小鄭心情愉悅地打開窗戶，天氣越來越熱，得開窗透透氣。

冷不防一隻蜜蜂飛了進來，小鄭心一慌，揚起手揮打，結果反被咬上一口。

這個男人安慰自己沒事，小小一隻蜜蜂，蜇不死人。

當小鄭被送去醫院時，瞳孔已經放大，醫生說他死於嚴重的蜂毒過敏。

很久以前，爪哇島上有一個小國，國王命人蓋了一個泳池，讓女孩們在水裏嬉戲，他則坐在高處往下看。被挑中的女孩無疑是幸運的，誰不想和國王行周公之禮？

這位國王後來替國家生下三十幾名後代，享年62歲。

很久以前，凱法羅尼亞島上有一個學校，這個學校的學生不多，老師只有赫恩先生一位。每當休息時間一到，所有學生都會被趕出教室，獨留一位。被挑中的女孩無疑是不幸的，誰想被老師性侵？

這位老師後來替小島留下三十幾名後代，享年62歲。

龔老闆的鞋廠以模仿各大名牌鞋出名，品質甚至超過本尊，他也因此賺得盆滿缽滿。

"老龔呀！你的鞋比真正的名牌鞋還好，幹嘛為人作嫁？有這手藝，完全可以創造出自己的品牌，也算為國爭光。"他的生意夥伴說。

龔老闆想想也對，雖然已擁有上億資產，但介紹起自己的鞋廠總感到心虛，如果能擁有自己的品牌，腰桿也能挺得直直的，不是嗎？

為了這個正大光明的理由，即使親戚朋友橫加阻攔，龔老闆還是一意孤行，創造的品牌就叫"珠江紅"。

廣告費花了，這個、那個的錢也花了，但並没有達到預期的效果，更慘的是市場上開始出現"珠江紅"的盜版鞋，售價只要原版的1/4。

"都是些没良心的東西！我花了那麼多的錢打廣告，還重金聘請專業設計師設計，他們倒好，三兩下就偷走了。"龔老闆氣得全身發抖。

醫生把斐筱雨臉上的紗布取下，整張臉還浮腫著。

"繃帶還得戴一段時間，很快妳就會有一張全新的臉。"醫生說。

斐筱雨邊看著小圓鏡裏的自己邊祈禱："神啊！請讓我美十年，十年就好，我別無所求。"

接下來的十年，斐筱雨迎來人生的高光時刻，男人為她瘋狂，女人則一邊恨她一邊想成為她，工作也手到擒來，即使犯錯誤，上司也不忍苛責，直到......

"寶貝兒，妳的臉怎麼歪了？"混血男模問。

斐筱雨的心喀噔了一下，但仍假裝鎮定
。

"我去補個妝，你先吃，別等我。"說完
，她快步走向餐廳洗手間。

鏡子裏的斐筱雨果然臉歪了，但不嚴重
，她很快不告而別，直奔整型醫院。

"別擔心，微整一下即可。"醫生說。

然而事情並沒有往好的方向發展，手術
失敗導致她的臉更歪了，不僅咀嚼困難
，口水還會往外流，簡直慘不忍睹。

正常人的作法是換家整型醫院進行修復
，但裴筱雨不一樣，她給各個教會捐款
，同時跪下來祈禱："神啊！請讓我收
回以前說過的話，再讓我美十年......不，
二十年，二十年就好，我別無所求。"

89

由於出逃的二王子亂說話，史考特被王室聘請擔任公關，負責把傷害減到最低。

為了更快了解這個千年不倒的大家族，史考特被安排和王室大總管會談。

"你的意思是莊園的土地、歷代的城堡、價值連城的珠寶仍歸王室，每年納稅人還要為城堡的維修及王室成員的吃喝玩樂買單，換來的是一個和諧大家庭的國家形象？"史考特問。

"你要這麼理解也没錯。"大總管答。

史考特把這次危機勉強應付過去後，立馬辭職，轉身到二王子那裏覓職。

“你能告訴我為什麼倒戈嗎？”二王子問
。

“和千年老店比，你身上的缺點微乎其
微，不幫你，天地難容。”史考特答。

河濱步道上有三張長條椅，萬凌月找了一張看起來比較順眼的坐下。

一位老婦人走了過來，眼看就要坐下，萬凌月趕緊說："不好意思，這裏有人坐了。"

老婦人也不囉嗦，轉身走向另一張椅子。

沒多久，一位型男向萬凌月走來。

"借問酒家何處有？"他說。

"那人就在燈火闌珊處。"她答。

型男坐了下來，同時遞上一個紙袋，解釋："若不是為了給妳買早餐，也不致於遲到。"

萬凌月吃著尚未冷掉的大肉包，心裏美滋滋的。

吃完早餐，型男陪她漫步、賞花、K歌、吃火鍋……

"時間到了。"型男說。

"再多待一會兒。"萬凌月答完，把頭靠在他的肩膀上。

型男低頭吻了一下她的秀髮。

當夕陽西下、彩霞滿天時，型男再次提時間到了。

"再多待一會兒。"萬凌月又說。

"不行，明天有報告要交，下次吧！"

萬凌月只能萬般不捨地看著他走。

十分鐘後，萬凌月收到一條扣款通知，不免怒火中燒，說好五小時500元，九小時應該是900元，怎麼收她1000元？

"親愛的用戶您好，經過核實，18號服務員今晨為您購買了早餐，肉包10元，跑腿費90元，合計100元。如有疑問，請撥打5201314，謝謝！"機器人客服回覆。

91

冰箱貼下壓著一張紙條，上面有幾個人名。彭加倩猶豫了一下，最後挑中博士生金可樂，他最近拿到國家助學金12000元。

電話中的金可樂吞吞吐吐地說忙。

"再忙也要吃飯，我們就吃學校食堂，要不了多少錢。"彭加倩說。

等了約莫二十分鐘，這個背駝又兩眼無神的男人終於到了。

"想吃什麼？"他問。

"隨便，你吃什麼，我跟著吃就是。"她答。

金可樂買了兩份拌飯再加兩瓶汽水，花了70元。

飯後，他倆在校園裏散步，金可樂握住彭加倩的手，她没拒絕，於是他乘勝追擊，摟了她的腰。

"你知道規則，花三位數牽手，花四位數摟腰，花五位數親嘴。今天你賺大了，花兩位數就牽到手，可別得寸進尺。"彭加倩冷冷地說。

金可樂頓時洩了氣，這女的可真斤斤計較。

"我走了，別再打給我。"說完，這個男人毫不留念地離開。

望著遠去的背影，彭加倩一點兒也不感傷，若不是為了買包，提前花光這個月的生活費，她才不和摳男吃飯。

對了，彭加倩現在已經有四個名牌包，黑色、白色、淺咖和淺灰，再集一個檸檬黃，百搭五色就全了。

那個人說晚上十點會打電話過來，當鈴聲響起，賈薈妹還是嚇了一大跳。

"把那件衣服帶上，到美麗華酒店412房找我。"

"我……我怕酒店人員不讓我上樓。"

"笨哪！就說是我太太。"

賈薈妹趕到酒店，時間剛過十點半。

"預定了嗎？"酒店前台打著哈欠問。

"我……我找我老公，412房。"

"稍等。"

前台與412房核實過後，讓訪客上樓。

她才剛敲一下門，立刻被裏面的房客給抓了進去。

「叫個小姐讓我等半天，快把衣服穿上。」

賈薔妹到浴室換上露出大半個酥胸的女僕裝，出來時，那男人看直了眼，只差流口水。

就在天雷勾動地火之際，敲門聲響起。

「你没安排人抓姦吧？！」賈薔妹問。

「怎麼可能？別理它，繼續！」

然而敲門聲仍一聲接著一聲，實在太敗壞興致了，男人不得不抓條浴巾裹住下身去開門。

門一開，數名男警湧上，另一名女警則控制住賈薔妹，把賈薔妹嚇得差點兒尿失禁。

後來雖然證實這是一起烏龍事件（警方誤以為入住人是毒販），但仍核實兩人身份。

「你們真的是夫妻，而且就住在酒店附近，這……」

賈薔妹恨不得挖個地洞鑽進去，第一次
和老公玩角色扮演就被抓，也沒那個誰
了。

93

太陽國以擁有匠人精神而自豪，即使是個不起眼的包子舖，也嚴格按照古法製作。

誰能想到就在一片歲月靜好中，國際金融危機突然像海嘯一樣直撲而上，導致太陽國的貨幣大幅貶值，經濟嚴重吃緊。在此情況下，人民不再追求精緻，於是匠人成了俗人，甚至成了人渣，市場上到處充斥著仿品、次品。

反之，東方睡龍幡然甦醒，並且以破竹之勢橫掃國際，往日經濟欠佳下養成的一批人渣成了俗人，最後進一步成為匠人……

有句話"飽暖思淫慾"，飽暖何止思淫慾，它還能思廉恥啊！

"被奴役"的意思是人像奴隸一樣地被使喚和剝削，還好現在已經不存在了。

當鬧鐘響起，北原宏樹快速爬起，稍微梳洗一下便趕著去上班。由於住得遠，他不得不凌晨五點即起，並且在趕路途中囫圇吞下早餐，否則得空腹至中午。

打卡完畢，北原宏樹馬上投入工作，合同上明定工作時間是朝八晚五，但他從未準點下班過。即使無班可加，也得和上司、同事外出交際，免得工作上被孤立，甚至無端挨罵。

這一天，北原宏樹走出辦公樓，腕錶上的時針已經指向10，他忽然想起身上沒現金了，於是到取款機取錢，順便查一下餘額。

"哈！以這個存款速度，我永遠也別想在東京買房。"他忍不住自嘲。

"被奴役"的意思是人像奴隸一樣地被使喚和剝削，還好現在已經不存在了。

95

珍妮弗是一位經驗老到的法官，從業二十餘年，她都能給出合理公正的判決，但這次她卻犯難，事情還得從半年前的案子說起。

麥克是個混混，他在網上冒充殺手，等錢一到賬便消失得無影無蹤。買凶者也不追究，畢竟自己有錯在先。

這一天，麥克收到留言，希望他能殺死光明街521號的女人及襁褓中的嬰孩。

麥克收到不少殺人請求，但連寶寶都不放過還是頭一回。

"我不殺孩子，除非給出合理的解釋。"他回覆。

隔了一天，他又收到留言，對方表示光明街521號的女人是她的情敵，好不容易她把男人搶到手，正沾沾自喜時，被男人發現懷孕造假，自己最終成了被放棄的那一個。兩年過去了，她無時無刻不在怨恨，如果不是這個女人，她的生活不致於如此糟糕……

麥克雖然是個混混，但偶爾也會良心發現，他勸她打消殺人主意。

"你不殺，我找別人去。"對方回覆。

麥克最後接下任務，並且在僱凶殺人者的出租屋內殺死這個毒蠍女人。

"哎！我該怎麼判？"珍妮弗合上卷宗嘆息。

元希澈年紀輕輕便輟學，能找的工作無非苦活、髒活，薪水還少得可憐。眼看房租又要到期，而自己連吃碗泡麵的錢都沒有，他賭氣在網上"出租自己"，言明只陪伴，一小時5萬韓元，兩小時起租。

原以為只是開個玩笑，無人會當真，沒想到第一天便有生意上門，一位大姐想吃火鍋，怕一個人吃會被當成怪物，所以找他陪吃。

元希澈正飢腸轆轆，所以欣然赴約。

接下來找他的人五花八門，有陪看電影、陪考、陪祭祖、陪散步、陪唱歌……

有一次，一個漂亮小姐姐租下他，然後在看得見清溪川的豪華公寓內一把鼻涕一把淚地向他哭訴。

"這位老師可真不是個東西！"元希澈蹦出一句。

正因他的仗義執言，那次元希澈額外得到五十萬元的小費，比他的出租費用多得多。

這一天，他又接到一筆生意，一位科學研究員找他陪做實驗。

元希澈偶爾會接到奇怪的請求，這個不算太離譜。

然而到了約定地點，他猶豫了，因為這棟樓看起來像危樓，不可能會有人居住。

還好一個外表看起來很正常的大叔來開門，這多少讓他感到安心。

大叔給了他一杯水後，什麼話都不說地坐在他對面。元希澈等了一小會兒，發現對方就打算沉默不語，於是掏出手機玩遊戲，至少這段時間裏他還能愉悅自己。

當約定好的兩小時到了之後，元希澈起身。

"你没問我想做什麼實驗？"大叔問。

"對我而言，那不重要。"元希澈答。

"告訴你，我想找人做死亡實驗，一個人做太孤單了。"

"你做完實驗了嗎？"

"快了，就差最後一步。"

兩個月後，房東打開元希澈的房門，發現裏面雜亂不堪，於是差人把東西全扔了。一個不按時交房租並且電話不接、短信不回的人，他已經夠仁至義盡的了。

没想到千年屹立不倒的王室有一天也會謝幕。

瑪格麗特女王把王冠卸下，交給王室委員會。這個委員會將東西移交給政府後便會解散，畢竟王室都沒了，留它何用？

不諱言地說，瑪格麗特家族仍是富有的，只是光環不見了，狗仔隊也不再跟拍。現在的他們不用面對攝影機微笑，也沒有屈膝禮，更沒有特權，連上米其林餐廳吃飯也得乖乖排隊。

講得更刺心點兒，那些原本趕也趕不走，爭相與他們攀上關係的富豪權貴剎那間全消失了，因為論財富，瑪格麗特家族也不過是中上而已；再論利益交換，這個家族平常懶散慣了，除了微笑和揮手，其他都很生疏，根本無法創造雙贏局面。

三十年過去後，有個觀光客於16:55抵達城堡，被管理員告知還有五分鐘關門。

"拜託，我從很遠的地方趕來，明天又要搭機離開，請讓我看幾眼就好。"觀光客說。

善心的管理員不僅讓他進入，還當免費導遊，介紹這介紹那，鉅細靡遺。

當他們來到一張全家福的油畫前，觀光客說："我怎麼覺得畫裏站在後排的男人跟你長得有點兒像？"

管理員答："那正是年輕時的我，當時的封號是牛津公爵。"

公允小學舉辦模範生選舉，參賽者無不卯足了勁兒，私底下也採人情攻勢，人緣好的無疑更有優勢。

選舉的結果，最不看好的池昌海獲勝。

落選者家長在獲知池父於選舉日當天一早發給每位在校生一盒畫筆後，紛紛到校長那裏去投訴。校長很為難，最後決定放開名額，讓票數第二及第三的學生也能得到"模範生"頭銜。

雖然"勝之不武"，池昌海仍一路過關斬將，最後成了某財團高層，身家保守估計有數十億元。

有人問起他幼年時期的不光彩事跡，他反問哪裏不光彩了？這叫"兵不厭詐"。

納瓦坐在公園裏曬太陽，一位乞丐走過來行乞。

" 想要我身上的銅板，你得講個故事給我聽才行。" 納瓦對他說。

於是乞丐告訴他有關微笑國的故事：

從前從前有個微笑國，那裏的人總把微笑掛在嘴邊，但自從有了昏君之後，再也笑不出來，因為這位昏君不僅浪費公帑，還將進言的忠臣全送進牢裏，自己則沉迷於聲色犬馬之中，對朝政置之不理。

昏君後來活到80歲才與世長辭，死因是
感染上梅毒，可見人老了還與女人糾纏
不清……

納瓦覺得這個故事挺有意思的，很像
歷史上的某位國王，只是版本略有不
同。

乞丐要他別信課本上寫的，他說的才是
真的，因為他正是那位昏君。

"你是？別耍我了。"納瓦笑得差點兒喘
不過氣來。

"我的確曾是一國之君，只是這一世運
氣不好成了乞丐。"

"如果真如你所說，那也是報應，你該
覺得後悔才是。"

"不，我很高興自己曾經荒唐過，即使
必須用一世的淒慘去換，仍在所不惜。"

納瓦後來給了乞丐銅板，像當初說好的
一樣。

人走後，納瓦不禁感嘆："哎！如果讓
我用一世的淒慘去換一世的為所欲為，
我也在所不惜。"

100

阿芙羅拉出生於1950年，她的父親在鎮上開了家酒吧，母親是個文員，她是家裏唯一的孩子，從小學習芭蕾舞，最大的夢想便是成為莫斯科芭蕾舞劇院的台柱，可惜這個夢想在一次練舞受傷後成了永久的遺憾。

突來的變化並沒有摧毀這個堅強的女性，她後來將心力放在音樂上，並且成功獲得教師資格證，成了一名鋼琴老師。

五年後，阿芙羅拉嫁給了記錄片導演鮑里斯，生下兩個孩子，老大是個過動兒，帶給這個家庭不小的麻煩。

1996年，鮑里斯去世，深受打擊的阿芙羅拉不再教琴，同時患上了囤積症，家裏的東西堆積如山。兩個孩子見規勸不成，漸漸不來往了，只有一隻十歲的萊卡犬陪伴著她。

幾個月後，鄰居報了警，因為許久不見屋主遛狗，而且庭院雜草叢生。

警方後來宣佈阿芙羅拉在睡夢中安詳死去，旁邊還有一隻餓死的狗。

她的兩個孩子上門整理完遺物，通知仲介賣房，由於要價不高，很快便售出。

這就是阿芙羅拉的一生。

（注：很抱歉，我給不了更有趣的版本，除非寫成小說。）

作者介紹

在異國的背景下加入纏綿悱惻的愛情故事是B杜小說的一大特點，她的文筆清新、筆觸詼諧、畫面感很強，讀完小說有種看完一部愛情偶像劇的感覺，特別適合懷春少女及對愛情有憧憬的女性閱讀。

另外，B杜還創作了馬力歷險記、極短篇故事集等作品，歡迎關注。

ALSO BY B杜

《B杜极短篇故事集（1～100)》 （简体字） A Word to the Wise (Tales 1～100 in simplified Chinese characters）

《東瀛之愛》 Love in Japan

《法蘭西情人》 Love in France

《英倫玫瑰》 Love in England

《愛在暹羅》 Love in Thailand

《情定布拉格》 Love in Prague

《獅城情緣》 Love in Singapore

《愛上比佛利》 Love in Beverly Hills

《新西蘭之戀》 Love in New Zealand

《夢回楓葉國》 Love in Canada

《早安，歐巴》 Love in Korea

《迪拜公主的秘密情人》 Love in Dubai

《情迷摩納哥》 Love in Monaco

《我在蘇黎世等風也等你》 Love in Switzerland

《馬力歷險記 1 之地球軸心》 The Adventures of Ma Li (1) : The Time Axis

《馬力歷險記 2 之黃金國》 The Adventures of Ma Li (2) : Eldorado

《B杜極短篇故事集 (101～200)》 A Word to the Wise (Tales 101～200)